KB165300

개,
늑대,
그리고
하느님

IL CANE, IL LUPO E DIO

개,
늑대,
그리고 한느님

폴코 테르차니 지음
니콜라 마그린 그림
이현경 옮김

나무옆의자

사랑했던 나의 친구, 위대한 왕 카필에게

차례

1부 개

2부 늑대

3부 하느님

1부

개

버려진 개

개 한 마리가 길가에 버려졌다. 주인은 개가 태어나서부터 자랑스레 목에 걸고 있던 반짝이는 멋진 목걸이를 벗긴 다음 개를 자동차 밖으로 밀어냈다. 그러고는 개를 그곳에 버려두고 황급히 사라졌다. 불쌍한 개는 무슨 영문인지 도통 알지 못한 채 그때부터 가로등 밑에서 꼼짝하지 않고 주인을 기다렸다.

'주인님이 나를 여기 버렸더라도 조금 있으면 꼭 다시 데리러 올 거야.' 개는 생각했다.

한 시간이 지나고 두 시간이 지나고 그 뒤로도 네 시간이 더 지났다. 그러나 주인은 나타나지 않았다. 가로등에서 윙 소리가 약하게 나더니 노란 불빛이 동그란 원을 만들었다. 그 너머는 깜깜한 어둠이었다. 개는 이제나저제나 익숙한 얼굴이 나타

나지 않을까 하여 지나가는 자동차를 한 대도 빼놓지 않고 살펴보았다. 혹시라도 자신의 이름을 부르는 소리가 들려오길 간절히 바라며 작은 소리 하나에도 귀를 쫑긋했다. 그러나 들리는 소리라고는 심장 없는 엔진들의 진동 소리뿐이었다. 앞을 보지 못하는 자동차의 눈들이 쏜살같이 지나가는 것이 보였다. 아무도 개를 보지 못했는지 멈추는 자동차는 한 대도 없었다.

개는 꼬박 사흘 낮과 밤을 먹지도, 마시지도, 잠을 자지도 않고 주인을 기다렸다. 결국에는 너무 지쳐 고개가 저절로 떨어졌고 귀가 축 늘어졌으며 눈앞이 흐릿해졌다. 이내 눈물이 흐르기 시작했다. 개는 처음에는 소심하게 흐느끼다가 서서히 자신이 처한 상황을 알아차리자 절망적인 울음을 터뜨렸다. 그러면서 인생의 한없는 슬픔을 받아들이게 되었다. 새벽녘에 어떤 목소리가 들려오지 않았다면 개는 틀림없이 기운이 다 빠질 때까지, 죽을 때까지 그 가로등 아래에 있었을 것이다.

"왜 울고 있어?"

개는 소스라치게 놀랐다. 목소리가 바로 옆에서 들려왔다. 그렇지만 누군가 다가오는 발소리는 듣지 못했다. 자동차가 지나지 않은 지도 꽤 되었다. 개는 환청이려니 하고 고개도 들지 않았다.

"왜 울고 있어?" 다시 조금 전의 목소리가 들렸다.

깊이와 울림이 있는 목소리로, 어디 멀리서 온 듯한 억양이

16

강하게 느껴졌다. 아무것도 없는 길 한가운데서 대체 누구지? 어쨌든 그의 주인은 아니었기에 개는 계속 울부짖었다.

"왜 우냐니까?"그 목소리가 다시 물었는데 이번에는 대답을 기다리는 말투였다.

"왜 우냐고? 가진 건 다 잃었으니까!"개가 퉁명스레 대꾸했다.

개는 눈을 들었다가 기절할 듯 놀랐다. 지금까지 한 번도 본 적이 없는 이상한 개가 자기 앞에 서 있었다. 그 개는 큼직한 발로 단단하게 땅을 디디고 있었다. 몸은 야위었지만 튼튼했고 머리가 아주 컸으며 노란 두 눈은 개의 마음 깊은 곳을 샅샅이 탐색했다.

개는 흠칫하며 자신이 왜 우는지 제대로 설명해보려 애썼다.

"주인님이 있었어." 개가 여전히 흐느끼며 말했다. "나는 태어나서부터 죽 주인님하고 살았어. 나를 낳아준 부모보다 주인님을 더 좋아했어. 아침마다 주인님이 일어나면 주인님을 따라 부엌으로 갔어. 그럼 주인님이 내 그릇 두 개를 가득 채워줬지. 그릇 하나에는 물을, 다른 하나에는 먹이를 담아주었어. 밤에 잠자리에 들 때면 난 우리의 푹신한 침대 밑에 누워서 주인님을 지켰어. 이제 내겐 주인님이 없어. 내 집은 어디고, 내 그릇은 어디 있고 내 침대는 어디 있지? 심지어 내 이름과 주소가 적힌 목걸이, 제일 소중한 그 물건마저 빼앗겼어. 이제 내가 누군지, 어디서 왔는지 아무도 몰라. 아무도 나를 도와주지 못하고 나를 집으로 다시 데려다주지 못해. 난 생전 처음 와본 이곳에 혼자 버려졌어. 가진 것 하나 없이 말이야. 가진 게 하나도 없다고! 그런 나더러 왜 우냐고 묻는 거야?"

다른 개는 점잖고 엄숙한 눈으로 그를 바라보기만 할 뿐 아무 말도 하지 않았다.

"이제 난 어떻게 하지?" 개가 말을 이었다. "난 내 다리로 서 있을 힘도 없어. 어디로 가야 편히 누워 쉴 수 있을까? 누가 내게 마실 거며 먹을 걸 줄까? 아아, 난 이제 죽을 거야!"

다른 개의 입가에 부드러운 미소가 번졌다.

"네 문제란 그게 다야? 이 세상의 크고 작은 무수한 생명체가 매일 아침 아무것도 갖지 못한 상태로 눈을 뜬다는 거 아니? 공기 중에서, 물속에서, 땅 위에서. 바로 너처럼. 달팽이, 나비, 개미, 곰, 물고기, 매, 뱀 같은 생명체가. 하지만 하루가 끝나갈 무렵이면 그들 모두 뭔가를 먹고 마셔. 그리고 피곤하면 누추하지만 몸을 누이고 잘 만한 편안한 곳을 찾게 되지. 어떻게 그럴 수 있는 걸까?"

개는 할 말을 잃었다. 그사이 눈물이 멎었다는 것도 알아차리지 못했다.

"그들의 주인이 누구일 것 같아?" 이상한 개가 다시 물었다. "누가 그들을 돌봐주는 걸까?"

"몰라!" 개가 쏘아붙였다. 그리고 이렇게 덧붙이고 싶었다.

'지금 난 그런 것 따위 궁금하지 않아.' 사실 그는 다른 생명체는 생각해본 적도 없었고, 지금은 최악의 상황에 있는 자신만 걱정될 뿐이었다.

"누굴까?" 반짝이는 노란 눈이 진지하게 개의 마음속으로 파고들었다.

"네가 알면 말해줘." 개가 말했다.

다른 개가 하늘을 올려다보며 이상한 소리, 재채기 같기도 하고 한숨 같기도 한 소리를 냈다.

"누군데?" 개가 점점 혼란스러워하며 물었다.

"말할 수 없어. 말할 수 없는 이름이거든. 말하면 금방 거짓말이 되는 거야."

"쳇." 개가 콧방귀를 뀌었다. "이 세상이 얼마나 슬프고 혼란스러운지는 주위를 둘러보기만 해도 금방 알 수 있어. 그 누구도, 그 어떤 것도 세상의 생명체를 보살피지 않는 것 같은데. 적어도 난 본 적이 없어. 목소리를 들은 적도 없어. 사방에서 풍기는 악취로 미루어보건대, 만일 있었다 해도 지금은 죽었을 거야."

"아하." 다른 개가 마침내 이해했다는 듯 입을 열었다. "네 문제는 네가 가진 것들을 잃은 게 아니야. 넌 믿음을 잃었어."

그러고는 몸을 돌리더니 이내 뾰족한 송곳니로 아직도 피가 뚝뚝 떨어지는 동물의 허벅지를 물고 나타났다. 꼭 허공에서 꺼내 온 것만 같았다.

"받아. 이거 먹어." 개 앞에 선물을 내려놓으며 다른 개가 말했다. "다시 힘이 날 거야. 그러면 달의 산으로 순례를 가봐. 그곳에 도착하면 알게 될 거야. 생명체들을 보살피는 무언가가 있는지 없는지를……."

약속

'달의 산이라고?' 개는 어리둥절했다. '이건 또 무슨 이야기지?'

한편 선물에서는 당장이라도 먹어보고 싶게 이국적이고 자극적인 맛있는 냄새가 났다. 털이 숭숭 난 그 커다란 덩어리는 싱싱한 생고기가 틀림없었다. 야생동물의 뒷다리인 모양이었다. 아래쪽의 발굽을 보니 사슴 같기도 했다. 그러나 도시에 살던 개는 야생동물에 대해 아는 게 별로 없었다.

지금 그에게 너무나 희한한 일이 벌어지고 있었다. 처음 만난 개에게 이렇게 귀한 선물을 받으리라고는 상상도 하지 못했다. 보통 개들은 오래되고 말라비틀어진 뼈다귀 하나도 뺏기지 않으려고 짖어대고 물어댄다. 이렇게 먹이를 통째로 주는 개는 본 적이 없었다.

'이 이상한 개는 누구지?' 개는 생각했다.

그러다가 문득 깨달았다.

하지만 이상한 개의 얼굴을 똑바로 보려고 고개를 들었을 때 개는, 아니 늑대는 이미 사라지고 없었다.

이제 개는 고기를 먹을지 말지 결정해야 했다. 늑대란 믿을 만한 구석이 별로 없는 짐승이라는 걸 누구나 알았다. 그렇기는 해도 뭔가를 먹은 지 사흘이나 지나서 개는 배가 몹시 고팠다.

'한 입만 먹어봐야지······.'

부드러운 고기를 깨물자마자 개는 마법에 걸린 것 같았다. 따뜻하고 달콤짭짤한 육즙이 혀 위로 흘렀다. 금지된 무엇처럼 짜릿한 맛이었다. 그의 주인은 끼니때마다 요리를 해주거나 통조림이나 비스킷 사료를 주었다. 생고기는 처음이었다. 이 넓적다리 고기는 지금까지 맛본 여러 음식 중 단연 최고 같았다.

개는 처음 한 입을 맛보고 나자 더 참지 못하고 정신없이 고기를 물어뜯었다. 영양분도 많고 기름져서 게걸스레 먹다 보니 어느 순간 한 입도 더 먹지 못할 정도로 배가 불렀는데, 그렇지 않았다면 그 자리에서 다 먹어버렸을 것이다.

'운이 좋은데!' 개는 혈관에 새로운 에너지가 넘치는 것을 느끼며 생각했다. '이런 일이 매일 일어나는 건 아냐. 늑대의 선물을 벌써 반이나 먹었어. 나머지는 잘 보관하면서 며칠 동안

두고두고 먹어야겠어. 집으로 가는 길을 찾을 때까지.'

그러나 예쁘고 편안한 집을 생각한 순간 늑대의 말이 다시 떠올랐다. 늑대의 선물을 받았으니 이제 그가 말한 대로 해야만 했다.

하지만 달의 산이 어디 있는지 깜깜하기만 했다.

길동무

개는 아무도 보지 않는다는 것을 확인한 뒤 가로등 옆에 구덩이를 파고 사슴 넓적다리 반을 묻었다. 그리고 발길 닿는 대로 길을 떠났다. 다시 생기를 되찾아 빠르게 걷다 보니 잠시 후 어떤 공원에 도착했다. 잘 가꾼 초록 잔디밭 위에서 여러 마리의 개들이 주인과 산책하거나 주인이 던진 나뭇조각을 다시 주인에게 가져다주는 오래된 놀이를 즐기고 있었다. 개는 예전에 자기도 누렸으나 지금은 잃어버린 모든 것들이 떠올라 가슴이 찢어졌다. 그래도 용기를 내서 자기 옆으로 지나가는 조그만 강아지를 불러 세웠다.

"미안한데, 난 이 동네 개가 아니야." 개가 말했다. "달의 산이 어딘지 아니?"

강아지는 미치광이 보듯 그를 위아래로 훑어보더니 급히 자기 주인에게로 달려갔다.

개는 당황스러웠다. 내가 뭘 잘못했지? 예전에 개는 항상 귀한 대접을 받았다. 젊고 잘생긴 데다가 언제나 깨끗하게 손질한 털에 반짝이는 목걸이를 하고 있었으니……. 아, 지금은 목걸이가 없기는 하다! 그는 생전 처음 완전히 알몸이 된 기분이었다. 왕관 없는 왕이나 수영을 하다가 갑자기 수영복이 사라진 걸 알아차린 사람이 된 기분 말이다. 별것 아닌 줄 알았는데 목걸이 하나로 모든 게 변했다. 강아지는 그를 떠돌이 개로 생각한 게 틀림없었다. 떠돌이 개의 몸에는 벼룩과 진드기와 광견병균과 다른 끔찍한 병균들이 들끓기 때문에 그런 개들과 말을 섞으면 안 된다는 걸 도시 개들은 잘 알았다.

굴욕을 느낀 개는 관목들 사이에 숨어 어떻게 해야 할지 생각했다. '진짜 큰일났어……. 이제 나도 떠돌이 개가 된 거야.'

바로 그때 자기 쪽으로 오는 늙은 마스티프 한 마리가 눈에 띄었다. 파리 때문에 짜증이 난 마스티프는 파리를 잡으려고 허공에서 주둥이를 이리저리 움직였지만 단 한 마리도 잡지 못했다. 이 마스티프가 그가 원하는 대답을 알지도 몰랐다. 개는 아까와 똑같은 질문을 던졌다.

시력이 나쁜 마스티프가 그를 보더니 점잖게 대답했다. "난 달의 산이 뭔지 잘 모르겠구나."

"제가 정말 이상한…… 이상한 개를 만났는데, 그곳에 가보라고 하더라고요."

"글쎄, 어릴 때 그런 이름을 들어보기는 했는데 정확히 어디 있는지 말해줄 수가 없구나. 북쪽 숲 너머에 있다고들 하긴 했는데."

개는 마스티프의 말에 그곳이 예상보다 꽤 먼 데, 훨씬 먼 데일 거라는 느낌을 받았다. 하지만 그렇게 위엄 있고 자신감 넘치던 늑대가 그를 놀리려고 가능하지도 않은 여행을 떠나라고 했으리라고는 상상할 수 없었다.

"북쪽이 어느 쪽인지 알려주실 수 있어요?"

"물론이지. 정오가 되길 기다렸다가 등을 해 쪽으로 돌리고 네 그림자가 드리워진 방향으로 계속 걸어가면 돼. 그러다 보면 곧 산이 나타날 거다."

개는 다시 자기 가로등 밑으로 돌아왔고 정오가 되자 고깃덩이를 파냈다. 개는 해를 등지고 그림자가 드리워진 쪽을 보며 그쪽으로 걸어갔다.

반쯤 남은 고기를 입에 물고 고개를 숙인 채 눈에 띄지 않으려 애쓰며 낯선 도시를 가로질렀다. 주택가의 벽을 따라 걸었고 몰래 다리를 건너고 교통 체증으로 꽉 막힌 도로를 지났다. 사람들로 붐비는 인도에서는 이 약속 장소에서 저 약속 장소로 가느라 급히 움직이는 다리들을 피하며 걸었다. 그래도 개

를 눈여겨보는 사람은 아무도 없었다. 화단도, 길모퉁이도, 축축한 개 오줌 자국도 보이지 않아 외국의 어느 도시에 온 기분이었다. 고양이 한 마리가 창문 뒤에서 그에게 화를 냈고, 개집의 개들은 늘 그렇듯 심술궂게 소리쳤다. "꺼져, 꺼지라고! 여긴 내 집이야!"

개는 자꾸 의심이 생겼다. '이 고기를 다 먹고 나면 먹을 게 하나도 없어. 어떻게 하지? 얼마 안 되지만 아직 남은 먹이를 가지고 당장 집으로 가는 길을 찾는 게 더 현명할지도 몰라.' 하지만 매번 늑대와 그의 노란 눈이 떠올라 발길을 돌리지 못했다.

대도시여서 개가 변두리까지 가는 데 꽤 시간이 걸렸다. 변두리에 이르자 집이 드문드문 있어서 마침내 시야가 탁 트이며 멀리까지 바라볼 수 있게 되었다. 그러나 개의 눈에 들어온 것이라고는 높디높은 쓰레기 산뿐이었다.

그때 털이 누런 골든 레트리버가 환한 미소를 지으며 그에게 달려왔다. "안녕, 친구!"

이렇게 호의적인 누군가를 만난 건 꽤 오랜만이었다. 그리고 그는 정말 친구가 필요했다.

"안녕!" 개가 대답했다. 둘은 금방 이야기를 나누기 시작했다. "어떻게 여기까지 왔어?"

개는 자신의 불행을 이야기했다. 지난 일을 다시 떠올리자 사랑했던 주인에게 혹시 무슨 일이 생긴 건 아닌지 걱정되어

두 눈에 눈물이 가득 고였다.

"착각하지 마, 친구." 골든이 말했다. "네 주인은 아주 잘 지내고 있어. 너한테 싫증이 났을 뿐이야. 그래서 네 목에 걸려 있던 목걸이도 떼어 간 거고."

개는 깜짝 놀라 눈이 휘둥그레졌다. 솔직히 골든의 말이 맞는 것 같았다.

"나도 여러 해 전에 버려졌어. 그게 내겐 행운이었지. 날 봐. 난 자유로워. 난 이 쓰레기장 옆에 살아. 인간들이 버린 쓰레기로 잘 먹고살고 있어. 넌 어디로 갈 거니?"

"난 달의 산에 가야 해. 쉬울 줄 알았는데 어떤 개는 이쪽이다, 또 어떤 개는 저쪽이다, 아예 그런 산은 없다고 말하는 개도 있어. 이제 어떻게 해야 할지 모르겠어."

"내가 알아. 같이 가자!"

"정말이야?" 개는 가슴이 뭉클할 정도로 감동했다. "너무 멀지 않아?"

"내가 지름길을 알아. 다만 문제가 있다면 네가 무거운 짐을 지니고 있다는 거야. 분명 등산을 하는 데도 익숙지 않을 테고. 산에 오르면 어떤 짐이든 그 무게가 두 배가 되고, 거기서 또 두 배가 된다는 거 모르지? 넌 못 갈 거야."

"그럼 어떻게 하지?"

"걱정 마." 골든이 다시 아까처럼 환한 미소를 지으며 말했다. "우리가 번갈아 들고 가면 쉬울 거야. 먼저 내가 들게. 그사이 넌 쉬어라."

개가 골든에게 반 남은 사슴 넓적다리를 건넸다. 길동무를 만난 개와 골든은 행복해하며 숲을 향해 걸었다.

지름길

도시 밖으로 나가는 길은 버스와 트럭으로 꽉 막혀 있었다. 버스와 트럭은 화가 나서 경적을 울려댔고 두 길동무의 얼굴에 고약한 매연을 뿜어냈다. 큰 길이 작은 길로 갈라지고 그 길이 비포장도로로 바뀌자 마음이 놓였다. 흙길은 점점 좁아지다가 숲이 시작되는 지점에서 끝났다. 오솔길로 접어드는 숲의 입구는 거대한 거미줄로 가로막혀 있었다.

오랫동안 그 길을 지난 사람이 아무도 없었던 게 분명했다.

"어서, 뭘 망설여?" 골든이 말했다. "이 오솔길을 따라가야 해."

개는 한참을 망설였다. 그는 주인과 집 주위나, 기껏해야 공원을 산책했을 뿐이었다. 이곳은 도시가 끝나고 다른 왕국이 시작되는 지점 같았다. 개는 마침내 결심했다.

오솔길은 가파르고 돌맹이가 많았다. 땅이 패어 있기도 하고 예상치 못한 나무뿌리가 튀어나와 있었다. 곧 요란한 자동차 소음이 사라졌다. 공기는 상쾌했고 끝없이 펼쳐지는 숲속의 각기 다른 음영을 지닌 초록 나무와 풀들이 눈을 편안하게 했다.

개는 행복해서 여기저기로 뛰어다니며 풀과 들꽃 냄새를 맡았고 지저귀는 새소리에 귀를 기울였다. 자연에서는 어떤 목소리나 색깔도 서로 조화를 이루는 것 같았다.

"얘기 좀 해줘, 친구. 달의 산은 어떻게 생겼어?" 개가 물었다.

그런데 뒤를 돌아보자 골든이 보이지 않았다. 그렇게 기운이 넘치는 골든이 뒤처진다는 게 이상했다. 오던 길을 돌아가 보니 골든이 땅바닥에 누워 있었다. 앞발에 사슴고기를 들고 송곳니로 한 조각을 뜯는 중이었다.

"야, 뭐 하는 거야?"

"딱 간식 먹을 때잖아." 골든은 예의 그 미소를 지으며 말했다. "오늘 아침을 제대로 못 먹었거든. 내가 널 계속 안내해주길 바란다면 우린 서로 가진 것을 아낌없이 나누어야 해, 안 그래? 나는 내가 아는 것을, 넌 고기를."

개는 골든이 제시한 거래가 타당하다고 생각했다. 늑대가 준 귀한 선물이 어느새 반의반밖에 남지 않았지만.

"좋아. 그래도 이제 일어나. 서두르지 않으면 제때 도착하지 못할 거야."

개는 어서 자신의 목적지에 도착하고 싶어 걸음을 빨리했다. 개는 지쳐 있었고 오르막길에도 익숙지 않았지만 언제나 뒤에 처지는 건 골든이었다.

"안심해도 돼." 골든이 말했다. "저녁 무렵이면 달의 산에 도착할 거야. 거기 도착하기만 하면 아무 걱정 안 해도 될걸. 맛있는 먹이가 잔뜩 있을 거야. 새끼 사슴들과 가시 없는 부드러운 호저들이 떼를 지어 모여 있고, 나뭇가지마다 과일이 주렁주렁 매달려 가지가 땅에 닿도록 휘어져 있다고."

"정말?"

"그게 다가 아냐. 거기서는 돌멩이도 보석처럼 반짝이는데 입에 넣으면 녹아버리지."

"어떻게 그럴 수 있어?"

"저 위는 생명의 샘이야. 가서 봐, 보라고!"

다시 한 시간을 걸어가자 갈림길이 나타났다. 골든은 어느 길로 가야 할지 망설이는 듯했다. 그러더니 오른쪽 오솔길로 들어갔다. 안타깝게도 그 길 끝은 가시덤불로 막혀 있었다.

"네가 길을 안다고 생각했는데……."

"막다른 길인 거 안 보여? 다른 길로 가야 해……. 너 꼬리 좀 흔들지 마, 헷갈리니까!"

개는 골든이 달의 산에 한 번도 가본 적이 없을지 모른다는 의심이 들기 시작했다. 어쨌든 여기까지 왔으니 돌아가는 것보다는 가던 길을 계속 가는 게 나아 보였다.

잠시 후 개는 또다시 고기를 먹고 있는 골든을 발견하고 화를 벌컥 냈다.

"이봐, 친구, 그 고기는 내 거야!"

"네 거라고?" 골든이 고기를 마저 씹은 후 이빨 사이에 낀 살점을 혀로 빼내며 대꾸했다. "오늘 아침에 나한테 이 세상에 아무것도 없이 홀로 남겨졌다고 말하지 않았나? 그런데 이게 어떻게 네 거야? 이 고기를 선물한 건 늑대 아니었어? 그러면 늑대 거였지. 어디 솔직하게 말해보자. 이 고기는 늑대의 것도 아니야. 그 이전에 사슴의 다리였으니까, 그렇지? 그러니까 '내 것'이고 '네 것'인 게 무슨 의미가 있어? 간단히 말해 어떤 물건은 그저 그것을 가진 자의 것이라고!"

골든은 고기를 씹으며 그렇게 말하더니 남은 고기를 전부 먹어 치웠다. 개가 뼈라도 되찾으려 하자 골든이 으르렁거리며 하얀 이를 드러냈다. 친구 같은 구석은 눈을 씻고 찾으려 해도 없었다.

개는 그냥 뼈를 포기하기로 했다.

돌아서서 다시 오르막길을 올랐다. 이따금 뒤돌아 골든을 불렀다. 그러나 대답이 없었고 결국 개는 친구가 사라졌다는 것을 알게 되었다.

하루가 아직 끝나지 않았는데 개는 벌써 늑대의 선물을 헛되이 다 써버리고 말았다. 그는 다시 주인도, 집도, 친구도, 먹을 것도, 아무것도 없이 혼자였다. 게다가 이제 도시가 아니라 깊은 숲속에 있었고 어느 길로 가야 할지도 몰랐기에 상황은 이전보다 훨씬 나빴다.

나무 꼭대기에서 쉰 목소리로 웃어대는 새소리가 들렸다. 깃털도 까맣고 부리도, 눈도, 발톱도 까만 까마귀 떼가 개를 비웃었다. 듣기 싫은 까마귀 소리는 조화로운 자연에 어울리지 않는 유일한 소리처럼 유난히 두드러졌다.

폭포

개에게 가장 다급한 문제는 물이었다. 점점 더워졌고 오후가 되자 파란 하늘에 떠다니던 작은 구름들마저 사라졌다. 햇살은 강렬했다. 바람 한 점 불지 않고 나뭇잎 한 장 움직이지 않았다. 개는 벌써 세 시간째 오르막길을 걷고 있어서 목이 바짝바짝 말랐으며 혀가 삶은 배추처럼 턱 밑으로 축 늘어졌다.

이렇게 목이 마르기는 태어나서 처음이었다.

'거지 같은 곳이야. 어디에도 물 한 방울 없어!'

그는 외출할 때마다 빨간 체크무늬의 예쁜 보자기에 맛있는 간식을 싸고 같이 나눠 마실 물을 배낭에 넣던 현명한 주인을 생각했다.

'주인님과 달리 난 멍청한 개일 뿐이야……'

개는 모험을 떠난 자신이 어리석어 보였다. 늑대의 말에 귀를 기울인 것도 미친 짓이었다.

'그런데 늑대가 달의 산에 가라고 내게 사슴 다리를 줬잖아. 산 그림자도 찾지 못했는데 다리는 벌써 사라져버렸어. 이제 늑대의 말을 들을 필요가 없어. 난 지쳤어. 여기 이 그늘에서 잠시 쉬어야겠다.'

빠르게 뛰던 가슴이 서서히 진정되고 가쁜 숨도 잦아들자 어디선가 소리가 들리는 듯했다……. 뱀이 땅바닥을 기어가는 소리인가? 그러나 근처로 기어오거나 멀어지는 뱀은 보이지 않았다. 개는 소리의 정체가 궁금해서 다음 굽잇길 너머를 살펴보러 갔다. 개는 눈앞에 나타난 돌다리를 보고 깜짝 놀랐다. 다리 밑으로는 폭포에서 시작된 계곡물이 흘렀다. 폭포 아래쪽에서 물거품이 일었고 그 위에 아름다운 무지개가 떠 있었다.

개는 기뻐서 한동안 깡충깡충 뛰었다. 신기루 같았다. 그렇게 맑고 깨끗한 물은 한 번도 본 적이 없었다. 공기는 향기로웠고 초록 이끼가 낀 바위들 때문에 주위가 한층 비옥해 보였다. 그의 집에 있던 수도꼭지들은 비교도 되지 않았다! 폭포에서 놀랄 만큼 많은 물이 쏟아져 나왔다.

'이건 끝이 없는 강물이야. 어디서 이렇게 많은 물이 시작된 거지? 대단해. 믿을 수 없어. 이렇게 많다니, 이건 기적이야! 이 세상에 살아 있는 존재들이 다 마시고도 남을 것 같은데!'

개는 한참 넋을 잃고 바라보다가 물가로 내려가기 위해 다리 반대쪽으로 달려갔다. 그러나 그곳으로 가니 가파른 바위가 마치 성벽처럼 물까지 이어져 있었다. 다시 다리를 건너와서 처음 있던 쪽에서 밑으로 내려가보려 했다. 이번에는 바위가 미끄러워서 뒤로 벌러덩 넘어졌고 등에 심한 상처가 났다.

웃으며 장난치는 듯한 계곡물을 옆에 두고 근처에도 못 가보고 바라보고만 있자니 미칠 지경이었다. 하지만 계곡을 잊고 가던 길을 계속 가는 것 말고는 달리 방법이 없었다.

물 한 그릇을 위해서

개는 이해할 수 없었다. 이유를 알아내기 어려운 이상한 일이 그에게 벌어지고 있었다. 주인과 살 때는 주인이 모든 문제의 답을 알고 있었기 때문에 개는 의문을 갖는 데 익숙하지 않았다. 그런데 혼자된 지금은 여러 의문들이 자연스레 생겨났다.

개는 돌 위에 앉아 먼 곳을 바라보며 다시 생각했다. 늑대의 노란 눈과 그가 한 말들이 떠올랐다. 주인이 없는 지금, 온 세상 생명체에게 매일 마실 것과 먹을 것을 주는 그 무엇인가를 과연 찾을 수 있을까?

아직 대답을 알 수 없으므로 그는 기운을 내야 했다. 오솔길을 따라 다시 한 걸음씩 움직여, 마치 숲이 열리듯 멀리 희미하게 빛이 비치는 쪽으로 걸어갔다. 개는 집이 대여섯 채 모여 있

는 작은 마을에 도착했다. 집들은 버려진 채 아무도 살지 않는
것 같았고 집을 에워싼 밭들도 황량하기는 마찬가지였다. 일하
는 사람의 목소리도 술래잡기하는 아이들 웃음소리도 들리지
않았다. 나무가 방 안까지 침범해 지붕을 뚫고 창밖으로 가지
를 뻗었다.

'어쩌다 이런 마을에 오게 되었을까?'

절망한 개가 짖기 시작했다. "물! 물! 물!" 짖는 소리가 무너
진 담 사이에서 메아리쳤다.

그때 갑자기 개의 머리 위쪽 창문에서 헝클어진 긴 회색 머리의 할머니가 나타났다.

"왜 이렇게 짖어대?" 할머니가 잠에서 깬 목소리로 외쳤다.

마침내 누군가를 보고 안도한 개가 꼬리를 흔들며 계속 짖었다. "물, 물, 제발 물 한 그릇만 주세요!" 짖고 다리를 구부리고 땅에 몸을 비비고 눈을 크게 뜨고 애원하고, 갖은 애를 썼다. 달리 어떻게 할 수 있을까? 그의 주인이라면 다 이해했을 텐데.

할머니가 창문을 쾅 닫았다.

개는 가슴이 철렁 내려앉았다. 다리 사이로 꼬리를 감추고 귀를 축 늘어뜨리고 고개를 숙였다. 그러다 자기 다리에 진흙이 묻어 있는 것을 알아차렸다. 헝클어진 털에는 넘어질 때 난 피가 엉겨 있었다. 혼자 지낸 지 며칠밖에 되지 않았는데 어느새 개는 불쌍한 떠돌이 개, 거지로 변해버렸다. 예쁘지도 않고 기쁨을 줄 수도 없어서 아무도 관심을 갖지 않는 그런 개 말이다.

누구나 감탄하는 멋진 개였던 자신이 바닥으로 떨어졌다는 사실이 그는 믿어지지 않았다. 운명이 이토록 빠르게 변할 수 있다니!

다시 눈물이 나려고 할 때 낡은 자물쇠가 철커덕거리는 소리가 들렸다. 곧이어 문이 열리더니 할머니가 물이 가득 든 그릇을 들고 나왔다.

녹이 슬고 찌그러진 데다 구멍까지 난 그릇에서 물이 뚝뚝

떨어졌다. 하지만 할머니가 그릇을 그 앞에 놓아주었을 때 그것은 이 세상에 둘도 없는 맛있는 물로 보였다. 그 순간 개는 이제껏 한 번도 중요하게 여기지 않았고, 늘 당연하게 받아 마셨던 그 물, 지금 타는 목으로 흘러내려 지친 몸속으로 약처럼 흘러드는 평범한 물이 생명의 묘약이라는 것을 알게 되었다. 세상에서 제일 신통한 물약이었다.

개는 자신을 구해준 은인인 할머니 발밑에 몸을 던졌다. 그리고 잠시 그곳에 머무는 상상을 했다. 할머니가 그를 입양해준다면 그 곁에서 살 수 있지 않을까. 할머니의 친구가 되어 곁에 머물면 할머니가 슬플 때 그 이야기를 들어줄 수도 있으리라. 그는 이야기를 아주 잘 들어줄 줄 아니까. 비록 내용을 전부 이해하지는 못할지라도. 할머니가 귀를 긁어주겠지. 그러면 그는 탐험할 거리가 넘치는 숲 옆의, 폐허가 된 이 작은 마을에서 살아갈 수 있다. 할머니의 집이 그의 새로운 집이 될 것이다.

아직도 갈증이 가시지 않은 개는 물 한 그릇을 더 얻어 마시려고 할머니의 얼굴을 핥으며 품으로 뛰어들었다.

할머니가 깜짝 놀라 지팡이를 들었다. 개의 머리 쪽으로 지팡이를 휘두르는 소리가 들려왔다.

"꺼져, 이놈의 개새끼야. 물은 벌써 마셨잖아. 여기서 어슬렁거리지 말고 꺼지라고! 난 내 문제만으로도 충분히 골치 아파. 너 같은 게으름뱅이까지 떠맡을 순 없어. 가라고, 꺼져!"

개는 늘 인간의 말을 잘 들었기 때문에 그 말을 따랐다. 그는
무거운 마음으로 그 고요한 마을에서 급히 달아났다.

밤이 되다

오솔길이 점점 가팔라지고 돌도 더 많아졌다.

'휴, 이제 조금만 가면 되겠지.' 개는 생각했다.

골든은 저녁 무렵이면 달의 산에 도착할 거라고 말했다. 그러나 비탈길을 지나고 굽잇길을 돌고 나서도 오솔길이 계속 이어졌다. 산꼭대기에 도착했을 때 개의 눈에 들어온 것은 사방으로 뻗은 거대한 숲뿐이었다. 끝없이 풍요로울 거라고 기대했던 곳이지만 그런 기미는 전혀 보이지 않았다.

'숲이 어마어마하게 넓은데? 어딘가에 마을 하나도 없는 건가? 인간도 없는 건가? 난 어떻게 하지?'

거의 다 왔으리라는 생각을 버리지 않은 채 개는 포기하지 않고 계속 걸어갔다. 그렇지만 산에서는 밤이 금방 찾아온다는 것을 알지 못했다. 갑자기 해가 지고 어두워졌다. 그는 두려웠다. 어두운 밤에 혼자서 어떻게 숲에서 살아남을 수 있단 말인가?

해가 지고 나자 주위가 완전히 다른 모습으로 변했다. 딴 세상이 되었다. 색깔들이 하나하나 주변 사물들 속으로 다시 빨려 들어갔고 초록의 경쾌하던 숲은 묘지처럼 음산해졌다. 오솔길 가장자리에 핀 노란색과 보라색 들꽃들은 꽃잎을 오므리며 몸을 숨겼고 공기 중에서는 꽃향기가 사라졌다. 소리도 바뀌었다. 개의 예민한 귀에 쉴 새 없이 들리던 도마뱀 기어가는 소리와 메뚜기 뛰는 소리도 이제는 들리지 않았다. 하루 종일 개에게 친구가 되어준 소리들이었다. 행복하게 지저귀던 새소리까지도 잠잠해졌다. 이제 깊은 침묵만이 사방으로 퍼져 나갔고 그런 침묵을 깨는 건 이따금 들려오는 구슬프고 불안한 부엉부엉 소리밖에 없었다. 아마 멀리서 부엉이가 우는 모양이었다.

새들은 자기 보금자리로 돌아갔고 쥐들은 지하 굴로 사라졌다. 그런데 개는 어디서 자야 할까?

'어휴, 바보 같으니!' 개는 생각했다. '한밤중에 혼자 숲에서 뭐 하는 거지? 여긴 내 집이 아니야. 난 도시 개잖아!'

이쪽저쪽을 살펴보았지만 다 마음에 들지 않았다. 너무 딱딱하거나 너무 나뭇잎이 많거나 너무 지저분하거나 흙투성이였다. '내 침대가 얼마나 푹신하고 좋았는데…….'

이미 앞이 안 보이도록 깜깜했다. 개의 눈에 제 다리도 제대로 보이지 않을 지경이었다. 맹수에게 공격당할지도 모른다고 걱정하던 개는 가시덤불 옆을 지날 때 가시에 털이 걸리자 맹수의 발에 잡혔다고 생각하며 공포에 사로잡혔다. 그는 미친 듯이 달리기 시작했고 앞뒤로 위아래로 도망쳤다. 그러다가 빙그르 한 바퀴를 도는 바람에 바위에 부딪히고 말았다. 바위에서 떨어져 달아나다가 관목에 부딪혔고 관목에서 떨어져 달아나다가 방향감각을 완전히 잃어버렸다. 귀신 들린 것처럼 달리다가 한 발을 허공에 내민 순간에야, 마침내 다른 다리가 돌처럼 굳어 그 자리에 멈췄다. 밑에서 불어오는 바람이 그곳이 절벽 끝이라는 것을 알려주었다.

'죽을 뻔했어. 침착해야 해.' 개는 마음을 다잡았다.

아침에 만났던 늑대가, 그의 노란 눈과 확신에 찬 묵직한 목소리가 다시 떠올랐다. "믿어. 너도 편안히 잘 곳을 찾을 테니."

개가 자신감을 눈곱만큼 되찾자 그가 서 있는 산꼭대기가 어슴푸레 밝아져 주위의 형체들을 어느 정도 가늠하게 되었다. 개는 절벽에서 물러섰다. 바위틈에서 작은 불빛 하나가 반짝이다 금방 사라졌다. 곧이어 다른 불빛이 반짝이다가 사라졌다. 개는 그 빛을 따라 걸었다. 바위 사이로 난 길을 걷던 그의 발밑이 차츰 부드러워지며 이끼가 밟혔다. 그러다가 머리 위 나뭇잎들이 완전히 사라지더니 공터가 나타났다. 공터 한가운데서 수백의 반딧불이가 춤을 추고 있었다.

공터를 에워싼 일곱 그루의 나무들이 초승달 아래에서 은빛
으로 반짝였다.

개는 지칠 대로 지쳤다. 며칠 동안 잠도 못 자고 종일 걸은
네 다리는 더 이상 말을 듣지 않아 한 걸음도 더 내딛기 힘들었
다. 개는 그 자리에 쓰러져 눈을 감자마자 잠이 들었다.

늑대들

개는 소름 끼치는 괴성과 머리에 우두둑 떨어지는 돌멩이에 화들짝 놀라 잠이 깼다. 눈을 크게 떴다. 그는 산들바람에 이리저리 흔들리는 들꽃이 만발한 들판에 서 있었다. 꿀벌들이 조그맣게 윙 소리를 내며 날아다녔다. 해는 중천에 떠 있었다. 어느새 아침이 훌쩍 지나버렸다.

밤이 지났는데 그는 아직 살아 있었다.

개는 일어나서 몸을 쭉 펴고 털에서 흙을 털어냈다. 바로 그때 돌멩이 하나가 또 그의 머리에 떨어졌다. 위를 올려다보자 일곱 그루 나무의 이파리들 속에서 반짝이는 수백 개의 빨간 구슬들이 눈에 들어왔다. 체리였다! 늘 듣기 싫게 울어대던 까마귀 떼들이 숲속의 캐러멜인 체리를 따서 통째로 삼키고 있었

다. 지금 그중 몇 개를 떨어뜨려 개를 깨우려는 것이었다.

개는 까마귀들을 향해 계속 짖어댔다. 그러다 보니 체리 하나가 입안에 떨어졌다. 체리를 씹어보니 너무나 맛있었다! 야생의 작은 과일 하나하나에 달콤한 즙이 조금씩 담겨 있었다. 그렇게 쉰 개쯤 집어삼키자 갈증이 사라졌고 개는 최고의 아침 식사에 만족스러웠다.

그는 땅에 수북이 쌓인 체리들을 가지고 가고 싶었다. 그렇지만 그것을 담을 주머니도 배낭도 없어서 체리와 작별 인사를 나누고 다시 길을 떠났다.

사랑에 빠진 나비 두 마리가 서로를 쫓아 달리며 개의 코앞에서 빙글빙글 돌았다.

"너희들은 좋겠다!" 개가 말했다. "어제만 해도 친구를 찾았다고 생각했는데 금방 그 친구를 잃고 오늘은 혼자야. 아마 골든은 달의 산이 어디 있는지도 몰랐을 거야. 그렇지만 한 가지만은 골든 말이 맞았어. 난 집에 돌아갈 수 없어. 집이 없으니까. 그리고 인간들이 나를 몽둥이로 내쫓으니까."

돌아갈 집이 없었기에 개는 어제 걷던 오솔길을 다시 걸었다. 날이 밝아서 길을 쉽게 찾았다.

걷고 또 걷다 보니 참을 수 없이 무더웠고 목이 말랐다. 또 혀가 배추처럼 축 늘어졌다.

'새들이나 체리를 먹고 배부르겠지. 나처럼 큰 개는 안 돼.'

개는 낙담했다.

말을 걸 상대가 아무도 없었다. 그래서 개는 목청을 가다듬고 처음에는 혼잣말로, 조금 있다가는 목소리를 높여 말하기 시작했다. "난 당신의 이름을 몰라요. 당신을 본 적도 목소리를 들은 적도 없어요. 당신이 진짜 존재하는지도 모른다고요. 난 정말 어리석은 개이고 지금 이 숲에서 길을 잃었어요. 또 목이 마르고 배가 고파요. 당신이 내 말을 듣는다면 제발 뭐든 먹을 걸 좀 주세요!"

그 말을 마치고 곧 뾰족하게 튀어나온 바위를 돌아가자 한 번도 본 적 없는 무시무시한 짐승들이 불쑥 나타났다. 짐승들은 털이 다 헝클어지고 온몸에서 야생의 분위기가 뿜어져 나왔다. 이빨은 날카로웠고 시선은 도적들처럼 차가웠다. 그러니까 개는 늑대 무리에 포위된 것이다!

개가 덜덜 떨면서 뒷걸음질로 관목들 속에 몸을 숨기려 하자 위압적인 목소리가 들려왔다.

"이봐, 젊은이, 이리 와, 먹어!"

먹어?! 저 늑대들은 나를 잡아먹고 싶어 한다!

다른 늑대들보다 훨씬 몸집이 큰 검은 늑대가 그 숨결이 얼굴 가까이 느껴질 정도로 개에게 다가왔다. 돌과 이끼 냄새가 났다. 늑대들이 먹이에 처음 접근하면서 잡아먹을지 말지를 판단할 때 드러내는, 잊히지 않을 눈길이 개를 샅샅이 훑었다.

"미안해요. 난 아무것도 가진 게 없어요." 개가 말했다. "난 가진 걸 다 잃은 불쌍한 개일 뿐이에요……."

"전부는 아닌 것 같은데. 아직 살이 좀 있는데……."

늑대들이 웃음을 터뜨렸다.

늑대 무리에서, 입 주위가 흰 털로 뒤덮인 늙은 늑대가 앞으로 나왔다.

"이리 와, 젊은이." 늙은 늑대가 차분하고 확신에 찬 목소리로 말했다. "와서 우리와 같이 먹자!"

늙은 늑대 옆에 돼지로 보이는 죽은 짐승이 놓여 있었다. 마침내 개는 그 야윈 늑대들이 자신을 잡아먹으려는 게 아니라 그에게 먹이를 주려고 한다는 것을 알게 되었다. 이상하기 짝이 없는 일이었다. 개는 방금 뭐든 먹을 것을 달라고 간청했는데, 청을 하자마자 "와서 우리와 같이 먹자!"는 말을 들었으니 말이다.

식탁에 가족들이 둘러앉듯 개는 죽은 짐승 옆에 늑대들과 편안히 앉아서 같이 고기를 먹었다. 여럿이 음식을 나누어 먹으니 친밀하면서도 즐거운 무언가가 싹텄다. 개는 그것에 감동했다.

늑대들은 엄청나게 많은 고기로 배를 채웠다. 먹고 쉬고 주위를 돌며 다리를 쭉 펴기도 했다. 그러고는 다시 돌아와서 또 먹었다. 죽은 짐승은 몸집이 크고 맛있었으며, 소화가 어려운 털을 빼고는 먹기에 아주 좋았다.

"이 멧돼지 최고인데." 검은 늑대 칼루가 말했다. "너희들은 잘 모르겠지만 난 여전히 배가 고파. 더 맛있는 게 있을까?" 그러더니 피 묻은 주둥이를 들어 개 쪽을 가리켰다. 개는 곧 움츠러들었다.

"넌 아무리 먹어도 배부른 줄 모르잖아!" 암늑대 알리나가 쏘아붙였다. "뼈다귀나 먹어."

칼루가 제일 긴 뼈다귀 하나를 골라서 앞발로 꽉 잡아 반으로 잘랐다. 그리고 요란한 소리를 내며 뼈를 씹고 골수를 빨아 먹었다. 골수가 맛있는 게 분명했다.

그 힘 있게 움직이는 턱을 보자 개는 당황스러웠다.

'뼈는 개들이 좋아하는 장난감인데. 늑대는 저걸 반으로 부러뜨리네!'

"혼자 여행하는 거야?" 칼루가 물었다.

개는 그 질문에서 위험을 감지했다. 아니라고 대답하고 싶었다. '힘센 친구 여럿이랑 같이 여행해요. 내 뒤를 바짝 따라오고 있어요!'라고 말이다. 하지만 그렇게 말하는 대신 고개를 끄덕였다. 거짓말을 할 수는 없었으니까.

배부르게 고기를 먹은 개는 옆에 있는 개울에서 오래도록 물을 마셨다. 개울물은 향기로운 허브를 우려낸 시원한 차 같았다.

그런 다음 개는 어색함을 살짝 내비치며 공손하게 말했다. "여러분들은 정말 친절하시지만 저는 다시 길을 떠나야 합니다. 고기 고마웠습니다……."

"아, 우리에게 고마워하지 마." 흰 털이 난 늑대가 대답했다. 늑대 이름은 무니였다.

"아……." 개는 약간 당황해하며 말했다. "그러니까 내 말은, 물이 아주 맛있어서 고맙다는 거예요."

"그 물을 준비해준 건 이 산이야."

"어쨌든 난 정말 물을 마시고 싶었거든요. 있잖아요, 어제 어떤 할머니에게 물을 조금만 달라고 간청했더니 내게 물 한 그릇을 주고는 몽둥이를 휘둘러 나를 쫓아버리더라고요."

"그랬구나. 넌 누구에게나 물 한 모금 달라고 청할 수 있어. 물 한 모금이라도 좋은 거지. 그렇지만 아무것도 바라지 않고 옳은 길로 계속 가다 보면 조만간 강을 만나게 된단다."

숲속의 늑대 무리에게 기대한 대답이 전혀 아니었다. 개는 늑대들을 떠나려다 마지막으로 그들을 한번 돌아보고 싶었다. 그들 중 목걸이를 한 늑대는 아무도 없었다. 그렇지만 아무것도 없어 초라하기는커녕 우아하고 거의 당당하기까지 했다. 꾸밈없는 그들은 정말 평온해 보였다.

"당신들을 본 순간 난 도적 떼라고 생각했어요." 개가 용기를 내서 말을 꺼냈다. "그런데 당신들은 내 것을 훔치지 않았고 도리어 먹을 걸 주었어요. 말해줘요, 당신들은 누구죠?"

"우리는 순례자들이야. 우리와 같이 순례를 떠나자."

그 말에 개는 충격을 받았다. 늑대의 말을 들었어도 그게 무슨 뜻인지 이해되지 않았다.

"순례를 떠나려면 어떻게 해야 해요?" 개가 물었다.

"간단해." 무니가 대답했다. "멀고 도달하기 어려운 목표를 향해 걸어가겠다는 확고한 결심이 필요하단다. 길을 모른다고 하더라도 말이야. 너 스스로에게 말해야 해. '나는 간다'고. 그곳에 도착하는 데 얼마나 걸릴지 어떻게 돌아오게 될지 묻지 말고. 그런 건 전혀 중요하지 않거든. 중요한 건 길을 가면서 네게 일어난 일에, 네가 지나가는 곳의 풍경에, 만나는 존재들에 주의를 기울이는 거야." 무니는 잠시 뜸을 들이고는 물었다. "이를테면 너는 왜 여기서 우리를 만났지? 넌 어디로 가던 중이었어?"

"난 달의 산에 가야 해요. 지름길로 들어섰으니 어제저녁쯤엔 도착할 줄 알았어요. 그런데 보다시피 아직도 여기 있어요."

늙은 무니가 진지한 표정으로 한참 개를 쳐다보았다.

"뭘 찾으러 달의 산에 가는데?"

"내가 찾는 건 말할 수 없어요. 말하면 금방 거짓말이 되니까요."

"아, 좋아, 좋아……." 무니가 고개를 끄덕이며 말했다. "우리는 모두 그런 여행을 완수하기 위해 태어났어. 하지만 지름길은 존재하지 않아. 길은 아주 멀단다. 너 혼자 갈 수 없어. 우리와 같이 가자. 우리도 달의 산에 가는 중이라고 할 수 있으니까."

2부
늑대

오래된 길

늑대들은 개에게 같이 가자고 말하고는 바로 땅에 드러누워 잠들어버렸다. 개는 깜짝 놀랐다. '하루 종일 잠만 자면서 무슨 순례자라는 거지?' 개는 늑대 네 마리를 하나씩 자세히 살펴보았다. 검은 늑대 칼루는 힘이 제일 셌다. 칼루는 분명 그를 곤란하게 할 수도 있었다. 암늑대인 알리나는 빨간 털이 아름다웠고, 재빨라 보였다. 그리고 수도사처럼 절제되고 엄격한 아나가 있었다. 마지막으로 나이가 많은 무니는 차분한 그 목소리로 제일 먼저 그를 환영해주었다. 신체적으로는 가장 허약했지만 그가 이 무리를 이끄는 것 같았다. 그들은 잠자는 중에 가끔씩 몸을 움직였고 벼룩 때문에 몸을 긁었다.

이상한 상황이었다. 지금 개는 누구보다 무서워했던 늑대 무리 속에 있었다. 이렇게 있다는 것이 여전히 믿기지 않았다. 개는 늑대들을 보면서 먼 옛날로, 전설적인 과거로 되돌아가는 기분이었다.

'늑대들이 잠들었으니 이 기회를 이용해서 도망쳐야 하는 거 아닐까? 그런데 어디로 가지?'

개가 꾸벅꾸벅 졸고 있을 때 거친 털로 덮인 다리가 자신의 옆구리 쪽을 건드리는 게 느껴졌다.

"무슨 일이에요?" 개가 눈이 휘둥그레져 물었다.

"일어나, 형제. 출발하자!" 늑대들이 모두 그의 옆에 늘어서 있었다.

"지금요……? 밤이 다 되어가는데!" 개가 웅얼거렸다.

나무들 사이로 시커멓고 불그레한 빛이 스며들어왔다.

"맞아. 늑대의 시간이야."

늑대들은 다른 말 없이 무니를 따라 한 줄로 떠났다. 숲에서 또다시 혼자 밤을 보낼 마음이 추호도 없었던 개는 급히 일어나 그들 뒤로 달려갔다. 외로운 것보다는 늑대 떼와 같이 있는 게 나았으니까!

늑대들은 보폭을 넓게 하여 가볍게 여러 시간을 달렸는데 잠깐이라도 멈출 기색이 전혀 없었다. 무니는 나이가 많았고 개는 한창 젊은 나이였지만, 그는 무니 뒤를 따라가기가 힘들었다.

"이봐요, 기다려줘요! 왜 오솔길로 가지 않는 건가요?" 지친 개가 소리를 질렀다.

"우리는 인간들이 만들어놓은 오솔길로 가는 게 아니라 오래된 길로 간다. 길이 없는 길이야. 숲속 한가운데를 가로지르는 길이지. 달의 산으로 이어지는 유일한 길이고."

너무 어두워 주위가 잘 보이지 않았다. 개는 뭔가에 발이 걸려 넘어지기도 하고 돌이 많은 땅에서 미끄러지기도 했다. 돌에 부딪히고 긁히다 보니 연약한 발바닥이 불에 덴 듯 아려왔다.

"그렇게 요란하게 숨 쉬지 좀 마!" 갑자기 칼루가 개에게 말했다. "우리가 지나간다는 걸 사방에 알리고 싶은 거야?"

잠시 후 발밑에서 뭔가 터지는 소리가 조그맣게 들려왔다.

픽!

그 순간 옆쪽 관목에서 작은 새들이 구름처럼 날아올랐다. 새들의 울음소리 때문에 온 숲이 깜짝 놀라 잠에서 깰 위험에 처했다.

칼루가 위협적인 얼굴로 돌아보았다. "시끄러운 소리 좀 안 내면 안 돼!?"

무니가 걸음을 멈추고 되돌아왔다. "무슨 일이야?"

"아무것도 아니에요." 개가 더러워진 발을 들어 올려 자세히 살펴보면서 말했다. "벌레를 밟았나 봐요."

"잘 보고 발을 디뎌야지!" 뜻밖에 무니가 엄하게 말했다. "그건 벌레가 아니라 유충이야. 네가 부주의해서 이 세상에서 나

비 한 마리가 사라지게 된 거야!"

　개는 기분이 아주 나빴다. 늑대들은 멧돼지 한 마리를 다 먹었다. 그래놓고 보잘것없는 벌레 한 마리 죽인 게 뭐 그리 대수인지 이해되지 않았다. 그러나 곧 한 걸음 한 걸음에 주의를 기울이며 마치 유령처럼 가볍게 살그머니 숲을 가로질러 달려가는 게 길을 가는 늑대의 비법이라는 걸 알게 되었다.

"우리를 못 따라올 거라고 했잖아." 칼루가 나지막이 하는 말이 들렸다. "우리 속도만 느려지고 있어."

"쟤는 도시 강아지야." 아나가 덧붙였다. "인간의 손에 먹이를 받아먹던 더러운 녀석이야!"

"우리도 이미 이 여행이 힘겨워졌어. 쟤는 절대 가지 못할걸!"

"저 애도 나나 너희와 같은 것을 찾고 있어." 늘 차분한 목소리의 무니가 말했다. "마지막에 누가 도착하고 누가 도착하지 못할지는 아무도 모를 일이지."

그들은 밤새 달렸다. 새벽 동이 틀 무렵 무리는 가파른 절벽을 기어올랐다. 개에게는 그 절벽이 수직으로 서 있는 것처럼 느껴졌다. 개는 늑대들의 소리가 아무것도 들리지 않을 정도로 뒤처졌다. 그는 다른 선택의 길이 없을 때 느끼는 절망감에 떠밀려 한참 늦게 산마루에 도착했다.

늑대들이 저녁식사까지 벌써 준비해두고 땅에 누워 개를 기다리고 있었다. 개는 너무 지쳐서 어떻게 저녁을 준비했느냐고 묻지도 않고 말없이 주린 배를 채웠다.

이윽고 멀리 지평선에서 해가 떠오르자 늑대들은 잠잘 준비를 했다.

"이제 너도 쉬어라." 무니가 말했다.

"여기서요?" 이보다 더 불편한 장소는 상상할 수 없었기에 개가 물었다. 저 늑대들은 뭐든 거꾸로 한다!

그들은 절벽 가장자리에 있었다. 보기만 해도 두려웠다. 게다가 얼음같이 차가운 바람이 불었다. 개는 누워보려 했으나 바위들이 전부 울퉁불퉁해서 편안히 누울 곳을 찾을 수가 없었다.

"바람이 이렇게 부는데 여기서, 이불도 하나 없이……?" 개는 혼자 중얼거렸다.

"넌 언제나 아무것도 없다는 생각만 하는구나, 형제." 귀를 기울이고 있던 무니가 말했다. "네가 이미 얼마나 많은 걸 가졌는지 모르는 모양이야. 너에겐 멋진 털이 있잖니?"

"당신들 털처럼 수북하지 않아서 추위를 막아주지 못해요!"

"네 몸 앞에는 널 인도해주는 영리한 머리가 있잖아. 안에는 필요한 음식을 저장할 수 있는 자루처럼 큼직한 배가 있어. 그 밑에는 지구 끝까지라도 널 데려다줄 튼튼한 네 다리가 있고. 그리고 뒤를 돌아보렴. 네가 찾는 걸 이미 갖고 있는지 아닌지!"

개가 돌아보았지만 아무것도 보이지 않았다.

"거기 뒤에!"

개가 다시 돌아보았지만 역시 아무것도 보이지 않았다.

"풍성하고 긴 털에 뒤덮인 꼬리가 있잖아. 그걸 몸에 감아봐. 아주 따뜻할 거야. 그게 네가 늘 가지고 다니는 이불이야!"

무니가 늑대들이 어떻게 꼬리로 편안하게 몸을 감고 그 끝으로 주둥이를 덮는지 보여주었다. 개는 자신이 생각보다 훨씬 더 많은 자산을 가지고 있다는 무니의 말을 이해하기 시작했다.

순례자

여행의 길동무인 까마귀 떼가 늑대들 위로 날아갔다.

자연의 아름다움을……

다 느끼기는 불가능했다.

늑대들은 가끔 시간을 내서 놀기도 했다.

개는 눈을 감고 야생동물의 냄새를 맡았다.

그리고 광활한 풍경 속에서 자신이 아주 작은 존재라고 느꼈다.

정화

몇 날 며칠 밤을 걸었다. 어둠과 함께 숲속을 달렸고 새벽녘
이면 가파르고 불편한 장소에 몸을 숨겼다. 그들은 계속해서
펼쳐지는 풍경을 보았고 산을 기어올랐으며 쉴 새 없이 뛰어내
리고 강을 따라 달렸다. 초록 너도밤나무 숲, 하얀 자작나무 숲
과 향기로운 전나무 냄새가 나는 어두운 숲을 가로질렀다.

개는 항상 꼴찌였다. 다리를 절며 늑대들 뒤를 따랐다. 그리
고 마침내 늑대들을 따라잡으면 이미 저녁식사가 준비되어 있
었다. 어린 사슴이나 한 쌍의 오소리, 토끼 혹은 이름도 모르는
다른 맛있는 짐승의 고기였다.

늑대들은 조용했고 능력이 뛰어났으며 자신들이 하는 일에
확신이 있었다. 그들은 못하는 일이 없었다. 그들은 오래 쉬지

않았고 산의 계곡을 자세히 살펴서 개울물이 흐르는 곳을 알아냈다. 개구리 울음소리가 갑자기 사라지면 그 지역이 위험하다는 것을 감지했다. 날이 밝아 하늘이 희미한 빛으로 물들기 시작하고 새들의 음악회가 절정에 달하면 어느새 늑대들은 잠자리를 찾아냈다.

늑대들과 함께 모든 게 이루어졌고 그들과 함께하면 어떤 일이든 쉬워졌다. 그래서 개는 그들을 따라갈 수밖에 없었다.

그러나 늑대는 지나치게 튼튼했다. 하룻밤에 사십, 칠십, 백 킬로미터를 달리는 것에 개는 도대체 익숙해지지 않았다. 그의 몸은 지칠 대로 지쳐버렸다.

어느 날 늑대들이 식사가 준비됐다고 말하자 기분이 좋지 않던 개가 화를 냈다. "안 먹어요. 날 그냥 내버려둬요!"

그러고는 다시 잠을 잤다. 먹을 힘도 없었다. 잠시 후 그의 옆구리 사이로 뼈 굵은 다리 하나가 들어오는 게 느껴졌다.

"일어나. 떠나자."

"움직이기 싫어요. 날 그냥 내버려둬요. 당신들이나 가라고요!"

개는 어떻게 해야 늑대들로부터 자유로워질지 궁리했으나 방법이 없었다. 무슨 수를 써도 소용이 없었다. 늑대들은 그들의 일행으로 개를 받아들여준 뒤로 개를 놔주지 않았다. 무늬가 이빨로 개의 꼬리를 물어 끌어당겼다. 어린아이의 담요를 잡아끌어서 아이를 찬바람에 내놓는 행동과 모양새가 비슷했다. "어서, 움직여! 그럼 달의 산에 가겠다고 마음먹었을 때, 꿈속에서 가겠다고 생각한 거야?"

개는 겨우 몸을 일으켰지만 잠을 떨치지 못했다. 눈은 흐릿하고 머리는 멍한 채로 어둠 속에서 늑대들을 따라 풀이 무성한 비탈길을 내려갔다. 그들이 강에 도착했을 때도 개는 하나도 신기하지 않았다. 흐르는 강물이 다 어디서 오는지, 어떤 힘이 그 물을 다시 끌어가는지도 궁금하지 않았다. 숲이 베풀어주는 것, 예전에 그를 놀라게 했던 것이 이제 다 평범해 보였다. 어떻게든 마실 물을 찾았기에 이제 그것에 익숙해졌다. 물은 폭포에서 떨어지거나 땅에서 솟아났으며 꽃받침 속에 맛있는 한 모금이 숨어 있기도 했다.

'쳇, 또 다른 강이네.' 개는 더 이상 예전처럼 고마워하지 않으며 생각했다. 분명 늑대들은 걸음을 멈추고 물을 마시겠지.

하지만 예상과 달랐다. 이번에는 무니가 흐르는 물에 뛰어들었고 알리나, 칼루, 마지막으로 잠시 머뭇거리던 아나까지 강물에 뛰어들었다. 개는 자기 차례가 되자 발끝을 물에 담가봤지만 물고기에 물리기라도 한 것처럼 금방 발을 빼냈다.

"뛰어들어!" 물속에서 칼루가 소리쳤다.

"상상도 하기 싫어요." 개가 대답했다. "이건 얼음물이잖아요!"

"뛰어들어. 넌 아직도 도시 냄새가 나는구나. 짐승들이 멀리서도 그 냄새를 맡고 널 피할걸."

늑대들이 키득거렸다. 강물 속에서 늑대들이 개에게 싸움을 걸고 모욕을 주고 놀렸지만 개는 발을 땅에 디딘 채 꼼짝도 하지 않았다.

"왜 밤에 수영해야 하는 거죠?" 개는 며칠 전부터 마음속에 담아두었던 생각을 죄다 말했다. "난 해가 뜨길 기다릴래요. 난 다시 낮에 살고 싶다고요!"

무니가 헤엄쳐서 그에게로 왔다. "우리라고 털에 햇볕을 쬐고 싶지 않은 줄 아니? 어떤 동물이나 해를 좋아해. 그렇지만 우린 낮에 숨어 있어야 한다고." 무니는 물소리보다 크게 말했다.

개가 절망 어린 표정으로 무니를 쳐다보았다. "그래도 춥잖아요!"

"물론이지." 무니가 늘 그렇듯이 차분한 목소리로 대답했다. "물론 그래. 정오에 헤엄치면 훨씬 더 쉬워. 그렇지만 우리는 오래된 길을 따라가고 있어. 오래된 길은 여기를 지나 계속 다른 쪽 강가로 이어져. 이건 우리가 만난 장애물이고 넘어야만 해. 이게 우리의 일이야."

"그런데 당신들이 대체 언제 일을 했다는 거죠?" 개가 화를 냈다. "내 주인님은 그래요, 먹고살려고 일해요. 아침 일찍 나갔다가 밤늦게 돌아온다고요. 그렇지만 당신들은 게으르잖아요. 뭘 만들지도 않고 숲속을 어슬렁거리기만 하고 여기저기서 좀도둑질만 하잖아요!"

"그만해, 형제. 그렇지 않아. 우리를 잘 보라고. 늑대의 삶은 힘들어. 우리에겐 엄격하고 비밀스러운 규율이 있지. 우리는 밤에 살아. 바람이 휩쓸고 지나간 산꼭대기에서 잠을 자고. 우리는 얼음같이 찬 물에서 몸을 씻고 아주 조용히 멀고 먼 거리를 달리지. 다른 어떤 동물보다 더 먼 길을 가. 형제, 이게 우리 일이야."

무니가 다시 말했다. "어서, 이제 뛰어내려! 몸은 고통스러울 수 있지만 정신은 강해져서 나오게 될 거야!"

개는 움직이지 않았다. "나 헤엄 못 쳐요!"

"쟤 그냥 놔둬." 칼루가 화가 나서 외쳤다. "내가 누차 말했지. 저런 애하고 있으면 어디에도 도착하지 못할 거라고." 그러더니 개에게 말했다. "너 강을 건널 줄 모른다고? 좋아, 그러면 거기서 기다려. 조만간 곰이 지나갈 거고 넌 금방 눈에 뜨일 테니까!"

개의 귀에 까마귀들이 쉰 목소리로 웃어대는 소리가 들렸다. 까마귀들은 별 노력 없이 강 위를 날아서 늑대들 뒤쪽의 숲으로 사라졌다.

미궁 같은 나무들 속에 혼자 남은 개는 눈을 감고 강에 뛰어들었다.

물이 뺨을 때리듯 그를 공격했다. 곧 힘센 강물에 휩쓸려 들어가서 여러 차례 공중제비를 돌다가 밑으로 빨려 들어갔다. 물이 입으로 막 들어왔고 금방 숨이 넘어갈 것만 같았다. 그러나 미친 듯이 다리를 움직여서 마침내 위로 올라왔다. 온몸이 흠뻑 젖고 기진맥진한 채 드디어 건너편 강가에 도착했다.

다시 숨을 가다듬자 그는 기운이 나고 정화된 기분이 들었다. 차가운 물이 지저분한 털뿐 아니라 지친 영혼까지도 깨끗이 씻어준 것 같았다.

무한

일행은 별이 총총한 하늘 아래 몸을 쭉 펴고 누워 있었다. 그들은 그날 밤 다른 때보다 조금 일찍 걸음을 멈추었다. 아직 날이 밝아오지 않았고 귀뚜라미들이 여전히 울고 있었다. 먼 길을 달려 지친 늑대들은 한 발짝도 더 움직이지 못하고 마침내 휴식을 취했다.

개는 축축한 땅에서 올라오는 강렬한 냄새를 맡았다. 풀잎에서 떨어지는 이슬방울들을 느꼈다. 가까이 다가오는 파도처럼 계곡 밑에서 그를 향해 올라오는 바람을 맞았다. 얼굴에 바람이 불어와 털들을 스쳤다. 바람이 작은 소용돌이를 그리며 코로 들어왔다. 그는 바람이 깨끗한 시냇물이라도 되듯 크게 몇 번 들이마셨다. 주위에서 성스러운 분위기가 느껴졌다. 마치

무엇인가가, 어떤 존재가 그들을 지켜보는 듯했다. "무니······ 뭘까요?"

"뭐가?"

"다양한 색깔들을 반짝이게 하고 귀뚜라미를 울게 하고 바람을 불게 하는 게 뭘까요? 하늘에 별이 떠 있게 하는 게 뭐죠?"

계곡에서 또 다른 바람이 불어왔다.

"우리가 걷고 쉬는 여기, 이 땅은 뭐지요? 우리를 둘러싼 이 세상은?"

몸을 덮은 털과 자기 자신밖에 없는 가난한 동물 다섯이 숲에 있었다. 하지만 개는 지금 여기보다 더 좋은 곳은 이 세상에 없다는 걸 분명하게 느꼈다. 이런 생활이 좋았고 그에게 맞았다. 다른 동물과 함께 우주와 조화를 이루며 사는 것 말이다. 그들은 많든 적든 가진 것에 만족했다. 다른 소원은 없었다. 그들은 한밤에 외로이 영원한 것들을 바라보는 영혼의 모험가들이었다.

"영원한 형제애 아닐까." 아나가 자기 생각을 말하듯 중얼거렸다.

개는 별들이 흩뿌려진 검은 하늘을 올려다보며 생각했다. '나도 그렇게 생각해. 끝없는 어둠 한가운데 모여 있는 한 줌의 작은 별빛 같은 형제들.'

갑자기 어떤 신비가 그의 마음속으로 스며들었다.

버려지지 않았다면 결코 느끼지 못했을 감정이었다. 그랬다면 자신이 어디 있는지도 알아차리지 못했으리라. 하루하루가 덧없이 지나고 밤은 그림자처럼 달려간다. 예상치 못한 일, 불행의 옷을 입은 일이 가끔 벌어지지 않는다면 우리는 자신이 얼마나 경이로운 세상에 살고 있는지 절대 알아차리지 못할 것이며, 그 무엇보다 중요한 질문도 결코 하지 않을 것이다.

'저 너머에 뭐가 있을까? 그리고 그 너머, 그 너머, 또 그 너머에는……?'

그는 갑자기 어지러웠고 별들 사이로 떨어지는 기분이었다.

순간 가슴속에 공포가 몰려와 개는 다 잊고 매달릴 단단한 무언가를 찾으려 했다. 훨씬 작고 친숙한 무엇인가를.

"오오오……!"

"무슨 일이야?"

"아무것도 아니에요……."

"쉬잇……." 무니가 개를 안심시키며 중얼거렸다. "이게 그 일이야. **이게 그 일이야.**"

그 말에 개는 가만히 서서, 자신을 둘러싼 빛과 소리와 냄새가 폭발하는 것을 감탄스럽게 바라보았다. 왜일까? 무엇보다도, 이유가 뭘까?

심장이 조여왔고 배는 텅 비었으며 머리는 돌아버릴 것 같았

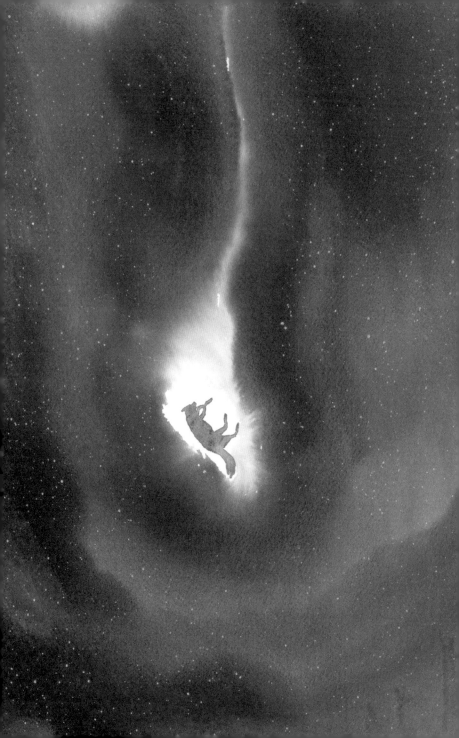

다. 개는 모든 게 멈추기를 바랐다. 어지러이 돌며 그를 깨물고 고통스럽게 하고 혼란에 빠뜨리는 일이 중단되기를 바랐다.

"모든 일이 무엇 때문에 시작된 거지? 왜 이렇게 복잡한 거야? 그저 어둡고 고요하지 않은 이유가 뭘까?"

그러나 대답은 들리지 않았다.

너무도 광활한 거리감에 그는 자신의 존재가 작고 무용하게 느껴졌다. 그날 밤에는 아무도 그를 도울 수 없었다. 계곡 밑에서 구불구불 흐르는 강물 소리도 들리지 않았다. 지혜로운 올빼미의 울음소리마저 구슬프게 울려 퍼졌다. 개, 달, 올빼미, 구불구불한 강, 그리고 꿈. 그날 밤 그들은 거기 함께 있으면서도 각자 놀란 마음을 안고, 열린 감각으로 무한의 신비에 귀를 기울였다.

"내가 여기서, 늑대들 틈에서 뭘 하고 있는 거지? 정신이 나갔나? 도시로 돌아가야 해. 지금까지 우린 운이 좋았지만 이런 식의 생활이 제대로 통하지 않을 수도 있어……."

"통하지 않는다고 누가 그래? 봐……. 이게 통하지 않는 거야?" 무니가 말했다.

개는 부드럽게 경외하는 마음으로 가만히 있었다. 그동안 참았던 숨을 내쉬어 바람에 실어 보내고, 그 순간 그 앞으로 지나는 눈에 보이지 않는 강물에 자신을 맡겼다. 그 공간에서 호흡할 수 있게 자신을 내맡겼다.

달이 천천히 별들 앞으로 나타났다.

"어떻게 그럴 수 있는지는 모르지만 통한다고. 오래전부터, 아주 오래전부터 그랬어. 늑대도 개도 나무도 존재하기 이전부터. 통하도록 **만들어졌어**."

갑자기 개는 자신을 지탱해주는 무언가를 느꼈다.

"무니?"

"응?"

"아무것도 아니에요."

"쉬잇……." 무니가 말했다. "더 생각하지 마. 우린 배부르게 먹었고 옆에는 강물이 흐르고 사방의 공기는 시원해. 오늘도 존재의 문제는 해결되었잖니."

폭우

무니는 한참 동안 꼼짝 않고 가만히 귀를 기울였다.

"들려……. 구름이 몰려오고 있어. 양 떼가 뛰기 시작하면 곧 늑대가 온다는 뜻이지!" 그가 말했다. "빨리 피할 곳을 찾는 게 좋겠어."

갑자기 천둥이 쳤다. 그때까지 미동도 하지 않던 나무들이 바람 부는 대로 이리저리 휘어지며 요란한 소리를 내기도 했다. 시커먼 먹구름이 산 정상을 넘어서 늑대 무리 쪽으로 낮게 드리웠다. 늑대들은 피할 곳을 찾아 부채꼴 모양으로 뿔뿔이 흩어졌다. 굵은 빗방울들이 늑대 털 위로 후두둑 떨어지기 시작했다. 마침내 알리나가 일행을 부르는 소리가 들렸다. 나머지 늑대들이 알리나가 있는 산속의 움푹 들어간 동굴 안으로 달려 들어갔다. 옛날에 곰이 은신처로 삼았을 법한 곳인데 지금은 버려져 있었다. 그들이 동굴 안에 들어서기가 무섭게 무시무시한 번개가 밤하늘을 갈랐다. 늑대들은 따뜻한 대지의 뱃속에 웅크리고 앉았다. 천둥번개에 잠이 깬 숲속의 다른 생명체들과 같이, 갈라지고 깨진 바위틈과 동굴에 울려 퍼지는 무시무시한 목소리에 가만히 귀 기울였다.

밤새도록 비가 내렸다. 날이 밝고도 비는 그치지 않았다. 그들이 좇아가야 할 흔적과 냄새가 빗물에 다 씻겨 내려가 버렸다. 동굴 밖으로 나가봤자 소용없었고 위험하기만 했다. 개는 배가 몹시 고팠지만 늑대들은 그런 일에 익숙했다.

"그만 좀 불평해!" 칼루가 말했다. "우리는 일주일 이 주일 동안 아무것도 먹지 않고 지내는 일도 있어. 넌 절대 그럴 수 없을 테니 내가 가서 네 먹이를 뭐든 구해볼게."

칼루가 펄쩍 뛰어서 동굴 밖으로 나갔다. 시커먼 칼루의 형체가 거세게 쏟아지는 빗속으로 사라졌다. 잠시 후 칼루가 돌아왔다. 털이 빗물에 반짝였고 몸에서 물이 뚝뚝 떨어졌다. 그가 몸집이 크고 살집이 두툼한 두꺼비 한 마리를 개 앞에 내려놓았다.

"자, 여기 있다, 개야. 그렇게 배가 고프면 먹어라!"

두꺼비가 크고 축축한 눈으로 개를 쳐다봤다.

"구역질 나!" 아나가 웃음을 터뜨리며 말했다.

"이걸 다 먹으면 다른 먹이도 갖다줄게." 칼루가 말했다.

"어떻게 할래?" 무니가 개를 보고 물었다. "저걸 먹을래, 아니면 칼루에게 저 두꺼비가 즐거워할 수 있게 동굴 밖으로 다시 갖다 놓으라고 할까? 두꺼비와 달팽이 들은 비 오는 날을 아주 좋아하거든."

개는 구석으로 물러나 대답하지 않았다.

"모든 것은 존재 이유가 있어." 무니가 다시 입을 열었다. "우리는 계속 달리고 있지만 가끔은 멈춰서 명상을 하는 게 좋아. 내 말은 지금이 최고의 기회라는 거야. 우리는 이미 최상의 대피소를 찾았고 원하는 만큼 물을 얻었어. 그러니까 단식을 하는 게 어떨까? 그러면 다른 동물들도 편안히 비 내리는 하늘의 장엄한 광경을 즐길 수 있을 테니까."

빗물이 산마루를 적시고 나무들 한 그루 한 그루, 풀 한 포기 한 포기를 씻어주었다. 땅이 새로운 힘을 찾게 해주었으며 몇 달 전부터 빗물 한 방울 내리지 않던 곳의 이끼들에게 새 생명을 선물했다. 비는 회색 줄을 그리며 쏟아졌다. 수백만의 빗방울들이 바위에 부딪혀 산산이 부서지거나 웅덩이에 떨어져 사방으로 원을 그려 나갔다.

빗물이 동굴 안으로 들이쳐서 바닥이 질척해졌다. 늑대들의 다리는 이미 기력이 다했고 추위로 얼어붙었다. 늑대들의 젖은 털에서 시큼한 냄새가 났다.

늑대들은 기다렸다. 이따금 누군가가 다리 근육을 풀어주려고 일어나 몸을 쭉 폈다가 다시 몸을 둥글게 웅크리고는 끄덕끄덕 졸았다. 말이 별로 없는 편이었지만 똑똑하고 호기심이 많은 늑대들은 시간을 때우기 위해 개에게 말을 걸었다. "형제, 인간들하고 살 때는 어땠어?"

개는 헤어진 주인을 떠올리자 눈물이 났다. 이번에는 자신이 아니라 주인 때문에 눈물을 흘렸다. 이제 주인은 일을 마치고 지친 몸과 상처 입은 마음으로 집에 돌아왔을 때, 마음을 털어놓을 상대가 아무도 없을 테니까. 개가 어찌나 격정적으로 주인에 대해 이야기하는지 무니는 깜짝 놀란 표정으로 개를 보았다. 늑대들 중에서는 이렇게 충직한 마음을 가진 이를 본 적이 없었다.

"당신들은 인간이 얼마나 친절한지 상상도 못 할걸요!" 개가 말했다. "주인님은 내 귀 뒤를 쓰다듬어주고 털을 빗어주고 자식처럼 날 안아주었어요. 주인님에게는 내가 필요했고 난 주인님이 필요했지요. 주인님이 잠을 자러 가면 난 그 침대 밑에 누워서……."

그러나 늑대들이 꼴사납게 박장대소하는 바람에 개는 말을 채 마치지 못했다.

"쟤는 인간하고 잤대."

"당신들은 인간을 피하던데……." 개가 말했다. "인간들이 다니는 오솔길로는 가지도 않더군요. 왜 그러는 거예요?"

"인간들은 우리 늑대를 거의 멸종시켰어. 늑대를 수도 없이 죽였다고. 예전에 우리는 수가 아주 많았지. 어디든 걸어 다녔어. 지금은 비옥한 땅을 인간들이 다 차지했어. 그것으로도 양이 안 차는지 낮에 활개를 치고 다녀서 우리는 어쩔 수 없이 인간을 피해 밤에 몰래 다녀야 한다고."

"지어낸 얘기예요!" 개가 믿을 수 없다는 듯 말했다. "난 당신들보다 인간을 잘 알아요. 인간들은 착하고 친절해요. 우리 개들은 인간의 가장 친한 친구라고요."

"개는 인간의 가장 친한 친구지만 늑대는 최악의 적이지." 아나가 말했다. "너와 우리는 같은 동물이래도 달라……."

"인간의 친구라고?" 칼루가 화를 내며 끼어들었다. "인간이 원하는 대로 행동하면, 인간의 종이 되면 그렇지. 인간은 자기들 이외의 모든 생명체를 길들이고, 자신들이 만든 법을 따르게 만들려고 해. 그 법은 우주의 법이 아니라 인간의 법이야. 자신들의 발을 핥고 신처럼 떠받들어주길 바라지."

"난 절대 인간을 신으로 떠받들지 않을 거야!" 알리나가 말했다.

"인간에게 복종하고 인간을 지키면 보상을 받아요."

"그런 놈은 배신자지!" 아나가 말했다.

"대신 명령을 거부하면 죽임을 당해. 인간들은 '싫어요'라고 말할 줄 모르는 착한 동반자를 원하는 거라고!"

"난 당신이 개를 좋게 생각하는 줄 알았어요. 아니에요, 칼루? 우리 개가 무슨, 인간에게 매수됐다고 보는 건가요?" 개가 말했다. "굴복한 동물이라고 생각해요? 야생에서의 순수한 생활을 견디지 못하는 나약한 동물 말이에요. 당신은 우리가 하루 끼니를 위해 인간에게 고개를 숙였다고 생각하는군요."

"우린 독립적으로 살아." 칼루가 다시 말했다. "우린 인간이 주는 선물을 거부하고 그들이 던지는 손쉬운 유혹을 멀리하지. 우리는 인간들처럼 편안히 사는 것보다는 도전과 불확실함을 사랑하지. 편한 길과 가파른 길 중 하나를 선택하라면 후자를 선택해. 낮과 밤 중에 밤을 선택해. 그리고 고독이라는 친구를 선택하지! 우리는 날카로운 송곳니와 뿔을 가진 위험한 동물들과 용감하게 맞서고, 양과 닭과 날 줄 모르는 그런 새들은 인간을 위해 양보한다고!"

칼루의 눈은 활활 타는 두 개의 불길 같았다. "인간이 내 몸을 부러뜨릴 수 있을지는 몰라도 날 굴복시키지는 못할걸! 다른 짐승들이 다 우리를 싫어한다 해도 한편으로는 우리를 우러러볼 거야. 아직도 우리가 오래된 길을 걷고 있고, 산처럼 영원하고 오래된 진실을 간직하고 있다는 걸 다들 아니까."

동굴에 침묵이 내려앉았다. 비가 계속 쏟아지는 가운데 무니의 차분한 목소리가 들렸다.

"우리가 인간의 친구가 되고 싶지 않은 건 아니야. 아니, 그렇게 된다면야 좋겠지. 하지만 우리는 독립적으로 살기를 원하고 인간들의 본능이 아니라 우리가 타고난 본능을 따르려고 한단다. 인간은 자신들이 세계의 주인이라고 생각하지만 아직은 그렇지 않아. 우리가 인간이 아직 도달하지 못한 어둠 속에 살아 있으니까."

"그렇지만 이렇게 사는 게 쉬운 일은 아니에요." 개가 끝날 것 같지 않은 비의 장막을 바라보며 우울하게 말했다.

"자유롭게 산다는 건 결코 쉬운 일이 아니지. 그렇지만 가능한 일이기는 해. 형제, 너도 주인이 필요 없다는 걸 알게 될 거야. 네 자신이 주인이 되어봐!"

그때 온 계곡이 울릴 정도로 강한 천둥이 내리쳤다. 잠시 후 구름이 퇴각하는 부대처럼 사라지더니 비가 멈췄다.

단식을 한 늑대들은 배가 고파서 먹이를 찾아 나섰다.

하늘이 베풀어준 잔치

　늑대들이 동굴 밖으로 나갔다. 드넓은 산 위의 초원에 드리
워진 안개가 유령처럼 하늘을 향해 올라가는 중이었다.

　늑대들은 언 몸을 풀기 위해 다시 빠르게 달리기 시작했다.
순간 등골이 오싹한 장면이 그들 눈앞에 갑자기 펼쳐졌다. 부
드러운 풀밭에 거대한 바위 하나가 우뚝 서 있고 그 주위에 소
들이 떼를 지어 널브러져 있었다. 죽은 소들이었다.

　함정일지 모른다는 생각에 늑대들은 공기의 냄새를 맡으며
혹시 수상한 흔적이 있지 않은지 살폈다. 그러나 냄새가 괜찮
았고 소의 몸은 아직도 따뜻했다.

　"순진해 빠진 불쌍한 소들이구나!" 마침내 무니가 침묵을 깨
고 말했다. 무니가 끔찍한 광경에서 고개를 들어 하늘을 향해

높이 치솟은 길쭉한 모양의 바위를 바라보았다. "폭우가 쏟아질 때 비도 피하고 서로의 온기로 몸을 따뜻하게 하려고 여기 모여 있었던 거야. 그런데 오히려 이 바위 때문에 번개를 맞은 거지……."

설명을 들어도 이해하기 어려운 일이었지만, 자신들의 눈앞에 눈이 돌아갈 정도로 푸짐한 저녁식사가 마련되어 있다는 것만은 개도 알아차렸다.

"이건 우리들만을 위한 선물이 아니야." 무니가 엄숙한 목소리로 말했다. "감사의 잔치를 준비해야 해."

무니가 곧 늑대들에게 소의 몸통을 가르라고 말하고는 한 입도 먹지 말 것을 당부했다. 개는 늑대들이 소를 끌고 가서 배를 하늘로 향하게 한 줄로 늘어놓는 모양을 주의 깊게 관찰했다. 늑대들은 질서정연하게 송곳니로 소의 몸통에서 제일 부드러운 배 부위부터 가르기 시작했다. 늑대들의 동작은 하나하나 정확했고 우아했다. 그들은 자신들이 해야 할 일을 능숙하게 해냈다.

준비를 마치자 무니가 흡족하게 주위를 둘러보았다. 그러고는 별들의 떨림까지 느껴질 정도로 맑고 투명한 하늘을 한참 동안 뚫어지게 응시했다. 갑자기 무니가 노래를 시작했다.

"아우우우우— 우우우— 우우우……."

개는 노래가 시작되자마자 그 소리에 매혹되어버렸다. 구슬

프면서 동시에 당당한 기쁨이 담긴, 지금까지 한 번도 들어본 적이 없는 가락이었다. 칼루와 알리나, 그리고 아나가 차례로 무니의 목소리에 자신들의 목소리를 보탰다. 목소리들이 섞여 하나가 되더니 합창이 이어졌다. 그 노랫소리가 어찌나 아름다운지, 폭풍우가 끝나 서서히 소란스러워지던 풀밭이 다시 쥐죽은 듯 조용해졌다. 밤의 음악가인 귀뚜라미들마저 자신들의 노래보다 더한 애수를 자아내는 심오한 그 소리를 들으려고 입을 다물었다. 개가 이제까지 들어본 소리 중에, 진실을 표현하는 가장 탁월한 소리였다. 목 주변의 털이 곤두섰다. 비록 내용은 이해하지 못했지만 개는 그 노래를 익히 알고 있는 것 같은 기분이 들었다.

다른 세계를 이야기하며, 죽음의 느낌이 뒤섞여 있는 아주 오래된 가락이었다.

늑대들은 모두 왕처럼 제 나름대로 무한한 공간을 향해 노래했다. 그런 가락을 만들어내고 싶다는 욕망이 개의 마음속에서 참을 수 없이 솟구쳤다. 그러나 두꺼비 소리 같은 귀에 거슬리는 소리가 나오다 목에 걸려 사라져버렸다.

온 세상을 위하는 마음에서 나오는 경건한 그 노래가 두려움을 다 씻어내기라도 한 듯 풀밭 구석구석에서 여러 동물들이 고개를 내밀기 시작했다. 여우와 오소리와 다람쥐, 존경스럽도록 새끼들을 지키는 데 열심인 엄마 멧돼지를 포함한 멧돼지

가족. 숲 변두리에서는 평상시 신중하기 이를 데 없으며 재빨리 달아날 줄 아는 사슴의 그림자까지 나타났다. 모두 늑대의 노래를 들으러 온 것이다.

"하늘이 베푸신 잔치에 오신 걸 환영합니다!" 무니가 공표했다.

하늘에서 내려온 까마귀 떼가 기뻐 깍깍거리며 잔치가 벌어진 곳으로 깡충깡충 달려왔다. 매 세 마리와 구름 같은 파리 떼도 날아왔다. 땅속에 숨은 구멍에서 두더지와 생쥐, 무지갯빛 껍질이 번득이는 바퀴벌레와 허연 벌레, 붉은 개미와 검은 개미 떼도 기어 나왔다. 마지막으로 제왕처럼 당당한 독수리가 날개를 크게 퍼덕이며 제일 큰 소 위에 내려앉았다.

개는 눈이 휘둥그레져 이 광경을 지켜보았다. 그러다가 야생동물들은 그렇게 빤히 보는 걸 좋아하지 않는다는 사실을 떠올리고 눈을 돌렸지만, 여전히 눈꼬리로 흘깃거리며 그들을 관찰했다. 늑대들과 지내는 것도 정말 좋았지만 다양한 동물들과 함께 먹이를 나누는 순간은 그보다 훨씬 행복했다.

친구이기도 하고 적이기도 한 크고 작은 동물들이 먹이로 달려들어 사이 좋게 나눠 먹었다. 모두를 위한 먹이였으니까. 각자 가장 좋아하는 부위를 선택했다. 넓적다리를 좋아하는 동물도 있고, 어떤 동물은 간을, 어떤 동물은 귀를 좋아했다. 까마귀들은 눈과 혀부터 먹기 시작했고 벌레들은 내장에서 시작했다. 잔치를 준비한 늑대들은 다른 동물들이 배부르게 먹기를 기다렸다가 마지막으로 식사에 나섰다.

"이제 다시 출발하자." 식사를 마치자마자 무니가 말했다.

늑대의 명성을 익히 알고 있었고 이름만으로도 두려워했지만 정작 한 번도 그들을 보거나 그 소리를 들은 적 없던 초대 손님들이 살며시 고개를 숙여 감사의 마음을 표현했다.

한편 개는 주위를 둘러보다가 맛있는 고기가 아직도 많이 남아 있는 것을 보고 당황했다. "며칠을 먹을 만한 고기가 아직 남아 있어요! 더 먹지 않을 거예요?"

그러나 무니는 벌써 멀찌감치 앞서가고 있었다. "다른 애들 먹게 내버려둬. 그 애들도 일이 없잖아." 무니가 슬쩍 웃으며 말했다. "우리는 어떤 곳에서도 사나흘 밤 이상 머물지 않아. 너무 편하면 그게 결국 발목을 잡거든. 우린 달의 산으로 가는 순례자야. 오래된 길을 가다가 필요한 게 있으면 길에서 구하게 될 거야. 계속 달려가야 해."

거대한 나무

폭풍우와 감사의 밤이 지나가고 동물들이 한 마음이 되어 사랑을 나눈 잔치도 끝나고, 떠나는 늑대들에게 잔치 손님들이 존경의 표시로 가벼운 목례를 하고 나니 개는 그 어느 때보다 슬펐다. 정말 이상하고 특별한 일들이 끊임없이 일어났고, 그 경험으로 개는 자신이 늑대의 일원이 아니며 앞으로도 결코 그렇게 될 수 없으리라는 사실을 뼈저리게 느꼈다.

"난 당신들과 달라요." 개가 의기소침하게 무니에게 말했다. "당신들은 강하고 조용하고 모든 일을 훌륭하게 해내고 동작 하나하나가 우아해요. 당신들만이 아니라 다른 동물들에게 꼭 필요한 것들을 찾아내는 능력도 있어요. 모든 생명체들이 당신들을 우러러봐요. 숲도 잘 알고……."

"그만해, 형제. 너도 천천히 배우면 숲을 알게 될 거야……."

"그런데 왜 날 늘 '형제'라고 부르는 거예요?" 개가 흥분을 감추지 못하고 말했다. "난 개고 당신들은 늑대잖아요. 내 눈은 회색이고 당신들 눈은 노래요. 난 뼈를 가지고 놀지만 당신들은 턱으로 그 뼈를 부러뜨리잖아요. 당신들은 풍성한 털이 있어서 추위를 타지 않아요. 게다가 당신들 다리는 날렵하고요. 그래서 당신, 아마 내 할아버지뻘은 될 법한 당신이 달려 나가면 난 그 뒤를 따르기도 힘들어요. 그리고 무엇보다……." 이제 제대로 말을 이을 수 없을 지경이었다. "당신들은 그 노래를 할 줄 알잖아요. 내가 들어본 가장 아름다운 그 노래 말이에요. 나도 당신들과 같이 노래하려고 해봤지만 비슷한 소리조차 나오

지 않았어요!"

"그 노래는 입술이나 목에서 나오는 소리가 아니야. 그건 어떤 상상의 표현으로……." 무니가 설명해보려 했다. 아니, 무니 역시 어떻게 말해야 할지 알지 못했다.

"난 짖을 줄밖에 몰라요. 난 멍청한 개예요. 당신들을 따라갈 수 없어요. 난 당신들이 아니니까요!"

무니는 개의 슬픔을 이해했지만 개를 위로할 뾰족한 수가 떠오르지 않았다. 결국 이렇게밖에 말하지 못했다. "오늘은 조금 둘러 가려 해. 내가 이 근처에 사는 거대한 나무를 알아. 나무를 만나러 가자."

나무는 언덕 위에 외로이 홀로 서 있었는데 크기가 어마어마했다. 팔이 셀 수 없이 많았고 피부는 거칠거칠하고 딱딱했으며 수많은 눈을 다 감고 있었다. 바닥까지 늘어진 초록의 긴 머리칼들이 바람에 가볍게 살랑거렸다. 그러면서도 몸통은 전혀 굽지 않고 꼿꼿한 데다 움직임이 없어서, 마치 수백 년 동안 명상을 하고 있는 위대한 존재 같았다.

나무의 온몸에서 평온한 분위기가 뿜어져 나왔다. 늑대 일행이 나무에 다가가자 오후의 더위가 갑자기 사라졌다. 늑대들은 미묘한 마법에 걸린 듯, 나무 아래 둥글게 드리워진 시원하고 푸르스름한 그림자 속으로 빨려 들어갔다. 나무뿌리 근처에서 근육을 쭉 펴고 누웠다. 늑대들의 눈꺼풀이 무거워지더니 곧 잠이 들었다. 거대한 나무 밑에서는 누구나 어디로 가고 있는지를 잊고 그저 그곳에 머물고 싶어지는 모양이었다.

잠이 오지 않아 위를 올려다보던 개는 벌써 나무를 자기 집으로 삼은 여러 동물들을 바라보았다. 각자의 시간표에 따라 계속 오고 가는 입주민들로 붐비는 공동주택 같았다.

나무 위로 올라가는 도마뱀 한 마리가 눈에 띄었고 거미줄에 매달려 내려오는 거미도 한 마리 보였다. 행렬을 이룬 개미와 다람쥐 두 쌍, 열세 종은 되어 보이는 새들, 모여 있는 나비들과 나뭇가지에 몸을 돌돌 만 날씬한 초록 뱀도 보였다. 물론 그렇게 다양한 동물들은 서로를 추격하고 찌르고 물고 잡아먹을 수도 있었다. 그러나 바깥세상에서는 고양이와 쥐처럼 쫓고 쫓기는 그 오래된 놀이가 계속될지언정, 이 웅장한 나무 밑에서는 오로지 단 하나의 규칙, 그러니까 평화의 규칙만이 유효했다.

이리저리 뒤얽힌 긴 나뭇가지의 품에 안기면 진짜 보호받고 있다는 느낌이 절로 생겼다. 잔치에서 배가 터지도록 포식한 늑대들은 하루 종일 잠을 잤다. 그사이 개는 자신이 늑대 무리와 어울리지 않는다는 생각을 하고 또 했지만 아무런 해결책을 찾지 못했다. 이름을 붙일 수도 없고, 어쩌면 존재하지 않을지도 모르는 존재에게 이미 말을 걸어본 적이 있으니 나무에게 말을 걸어보는 건 어떨까 싶었다.

"너는 평화를 가져온다고들 하는데 내 마음은 여전히 혼란스럽기만 해." 개가 거대한 나무에게 말을 걸었다. "지금 나는 늑대들과 가고 있지만 늑대들에 비하면 바보 같고 아무 능력도 없어. 늑대들은 영리하고 빠른 데다가 사냥하기에 적당한 송곳니도 있지. 그게 삶의 비밀일까? 늑대들처럼 강해져야 하는 걸까? 넌 어떻게 살고 있니? 네 생존 비밀은 뭐야?"

개는 한참을 기다렸다. 해가 하늘을 완전히 가로질러 지나가고 달이 그 뒤를 좇는 동안 늑대들은 여전히 잠만 잤다. 새벽동이 터올 무렵 부드러운 바람에 나뭇잎들이 살랑거렸다. 그러자 커다란 나무가 들릴락 말락 하지만 한없이 부드러운 목소리로 대답했다. 개는 거대한 나무의 목소리가 이러하리라곤 상상도 하지 못했다. "그렇다면 난 너보다 더 바보 같고 더 무능력한걸!" 나무가 웃는 듯했다. "난 사냥물을 물어뜯을 이가 없어. 달리는 문제는 말도 꺼내지 말자. 나는 여기서 한 발짝도 움직일 수 없으니까. 마음에 드는 걸 보아도 그걸 쫓아갈 수 없고, 누가 공격을 해와도 도망칠 수 없다고. 나를 방어할 만한 게 하나도 없어. 싸우는 데 필요한 가시도 발톱도 독도 없지. 그렇지만 난 변함없이 여기 있단다. 난 아주 오래 살았지. 난 이 숲에서 제일 나이가 많아."

"그럼 어떻게 키도 크고 몸통도 굵어진 거야? 뭘 먹어서 이런 거대한 몸통을 갖게 되었지? 널 돌봐주는 사람은 누구야? 아침에 일어났을 때 누가 먹을 걸 주는 거야?"

"난 아침에 일어나지도 밤에 잠을 자지도 않아. 난 항상 두 세계 사이에 머물러 있지. 반쯤 깨어 있고 반쯤 졸아." 거대한 나무가 부드럽게 살랑거렸다. "그렇지만 매일 지금처럼 새벽녘에 붉은 불덩이 같은 태양이 머나먼 지평선에서 솟아오르기 시작할 때면 내 몸 안에서 뭔가가 꿈틀대는 걸 느껴. 그러면 이파리들이 곧게 서고 에너지가 팔에서 몸통을 타고 땅속의 발에까지 흐르지. 땅속에 있는 게 마음이고 하늘을 향해 흔들리는 게 다리 같은 기분이 들기도 하지만, 위에서 아래로 에너지가 흐르지. 그러면 다시 살아나는 기분이야. 마치 태양이 내게 먹을 것을 가져다준 것처럼 말이지."

"그럼 물은 어떻게 해? 너도 목마를 때가 있을 거 아냐?"

"그래, 나도 목이 말라. 강은 저 아래 있어. 제일 꼭대기에 있는 이파리들은 강을 볼 수 있어. 강물 흐르는 소리도 종종 들려. 강이 멀지 않아도 나는 가지 못해. 내 집에 사는 동물들은 강에 자주 가지. 난 여기서 기다려. 난 내가 갖지 못한 것을 바라지 않고 내게 주어진 것에 만족하는 법을 배웠지. 시간이 흐르면서 온갖 일이 다 일어난단다. 난 내 존재 방식이 누군가에게는 기쁨을 준다고 생각해. 나를 제 집으로 삼고 내 품에서 살고 있는 동물들에게라도 말이야. 어쩌면 그 동물들이 나에 대해 좋은 이야기를 해주는지도 모르겠어. 가끔 멀리 북쪽에서……" 그러자 그쪽 방향으로 나뭇가지 하나가 불쑥 튀어나왔다. "달의 산이라고 불리는 곳에서 구름이 생겨 여기까지, 바로 내 이파리들 위까지 날아와 내게 물을 주는 거야. 그래서 난 감사해."

개는 그렇게 이상한 일이 일어날 수 있다는 데 깜짝 놀랐다.

"그럼 너는 칼루처럼 강할 필요도 없고, 알리나처럼 빠르거나 아나처럼 신중하거나 무니처럼 아는 게 많을 필요도 없구나." 개가 물었다. "그럼 네 장점은 뭐야?"

"믿음이 가장 큰 장점이야. 믿음이 있는 존재는 곧 자신의 목표에 도달할 수 있어." 거대한 나무가 속삭였다. "세상에서 살아가는 방식이 얼마나 다양한지 보렴. 너도 믿음이 있으면 네 목표를 이룰 수 있어."

개는 그 말을 듣자 용기가 났다. 꼼짝하지 못하고 무기력한 나무도 생존이 가능하다면, 어리석은 개에 불과한 자신도 어쩌면 살아갈 방법을 찾을 수 있을지 몰랐다.

사냥 기술

한밤중에 하늘이 아니라 땅에 환한 빛이 퍼졌다. 드넓은 평야에 별들이 쏟아져 내린 것 같았다. 멀리 도시가 있었다. 그들이 가는 길에 도시가 있으므로 칼루는 도시를 가로질러 가고 싶어 했다. 무니 생각은 전혀 달랐다. 도시는 그들에게 상당히 위험했으므로 도시를 우회해서 주변으로 가야만 했다. 개는 그렇게 밝은 불빛을 보자 인간이 만들어내는 마법같이 유쾌한 일들이 떠올라 잠시 향수에 잠겼다.

일행이 흐르는 강물을 따라 계곡 옆쪽으로 달려가던 도중 무니가 걸음을 멈추었다. 한쪽 귀를 왼쪽으로 쫑긋했다. 그쪽에서 무슨 소리라도 들은 모양이었다. 그의 온몸이 경계태세에 들어갔다.

개는 그들의 머리 위에서 까악거리는 까마귀 울음소리밖에 듣지 못했다.

"이 절벽으로 가자."

"안 돼, 무니." 칼루가 말했다. "다들 지쳤어. 산을 돌아서 아래쪽으로 가는 게 나아. 덜 힘들 거야."

까마귀들이 다시 울었고 무니도 다시 귀를 기울였다.

"오디노가 절벽으로 올라가야 한대." 무니가 고집했다.

"누구요?"

"까마귀 대장."

"까마귀에 대장이 있어요?" 개가 믿기 어려운 듯 물었다. "내 눈에는 그냥 다 똑같이 검은 새들인데."

"제대로 보지 못하는 눈에는 그렇게 보이지. 동물들은 다 다르고 까마귀도 각자 개성이 있어. 게다가 오디노는 한쪽 눈이 흰색이야. 아주아주 특별한 까마귀지."

무니가 절벽을 오르기 시작했고 다른 늑대들이 숨을 헐떡이며 그 뒤를 따랐다. 정상에 도착하자 산 너머로 흐르는 하얀 강물이 보였다. 강은 북쪽에서 시작되어 완만한 언덕들 사이로 굽이굽이 흘렀다.

"저 아래 뭐가 보이는지 말해줄래?" 무니가 개에게 물었다. "우리는 이제 시력이 별로 좋지 않아서."

"우유 같은 강물이 흘러요." 개가 대답했다.

"다른 건?"

"잠깐만요……."

개는 어떤 움직임을 알아차렸다. 은빛으로 반짝이는 강물을 배경으로, 강물을 마시고 있는 일고여덟 마리의 동물 형체가 선명하게 드러났다.

"사슴이에요. 정확히는 다마사슴일 거예요." 개가 말했다. "그런데 무니, 쟤들이 저기 있는 건 어떻게 알았어요? 시력도 좋지 않은데 산등성이 사이로 그걸 볼 수 있다니!"

"오디노가 맞았어." 무니가 혼잣말로 중얼거렸다. "뿔이 어떻게 생겼는지 말해줄래? 넓고 평평한지 아니면 나뭇가지처럼 생겼는지?"

"제가 보기에는 넓은데요."

"그럼 다마사슴이야. 덜 사나운 대신 날렵하지."

사슴 떼들은 한 몸에 머리가 여럿 달린 동물 같았다. 다른 사슴들이 물을 마시는 동안 한두 마리는 경계를 게을리하지 않고 의심의 눈초리로 사방을 감시했다.

"다마사슴이라, 진짜 아름다워요!" 개가 감탄했다.

"그래, 예쁘지. 그렇지만 별로 영리하지는 않아." 칼루가 대꾸했다. "다리는 길고 지능은 짧아. 먼저 달아나고 그다음에 생각하지. 무슨 일이 있든 먼저 달아나고 본다니까. 예전에 한번은 키 작은 나무 한 그루가 바람에 흔들리는데 사슴 떼 한 무리가 전부 달아나는 걸 봤다니까!"

늑대들이 재미있다는 듯 웃었다.

"쉿!" 무니는 진지했다. 그러더니 개를 향해 말했다. "너도 사냥 기술을 배울 때가 됐어, 형제. 이제 저 비탈을 따라 내려가서, 강을 건널 줄 아니까 강을 건너 불시에 건너편 강가에 모습을 드러내는 거야. 사슴들이 놀라 기겁할 거고 그사이 우리는 이 아래 숨어서 사슴들을 기다릴 거야."

"설마 저 사슴들을 공격할 생각인 거예요?!" 개가 소스라치게 놀라며 물었다.

"그럼 네가 가, 알리나." 무니가 말했다.

무리에서 가장 빠른 알리나는 아무 말 없이, 그림자처럼 소리 없이 달려 나갔다.

잠시 후 젊은 사슴 한 마리가 건너편 강가에서 이를 악물고 으르렁대며 나타나는 무시무시한 얼굴을 발견했다. 사슴은 조금도 지체 없이 뛰어 달아났고 다른 사슴들도 그 뒤를 따라 늑대들이 숨어 있는 쪽으로 곧장 달렸다. 함정이라는 것을 알아차리자 곧 사슴들이 뿔뿔이 흩어졌다. 무니는 이제 예전처럼 민첩하지 못했기에 무니를 향해 달려오던 사슴이 쉽게 그를 피해 다른 쪽으로 사라져버렸다. 변함없이 용감한 칼루가 제일 큰 사슴을 뒤쫓았다. 왕관 같은 뿔로 미루어 그 사슴이 이 무리의 대장 같았다. 칼루는 한참 동안 사슴을 쫓아 달렸지만 결국 놓치고 말았다. 게다가 나머지 사슴들도 다 달아나버렸다. 기습공격의 기회가 사라졌기에 더 이상 사슴을 잡으려고 고집할 필요가 없어졌다.

흰색에 갈색 점이 박힌 젊은 사슴 한 마리만 남았다. 왜 도망치지 않는지 이해되지 않았다. 사슴은 그 자리에 서서 바라보기만 했다. 알리나가 뒤에서 덮치려 했지만 사슴이 네 발로 능숙하게 뛰어올라 알리나의 다리가 닿기 힘든 곳으로 달아났다. 거기서 다시 걸음을 멈추고 커다란 밤색 눈으로 늑대들을 바라보았다.

아나가 옆쪽에서 공격해보려 했으나 사슴은 길고 날씬한 다리를 재빨리 움직여 가시나무 위로 도약했고, 그렇게 잠시 공중에 떠 있었다. 사슴은 자기를 잡으려는 늑대들과 장난이라도 하는 것 같았다. 늑대들은 이리저리 사슴을 따라 달렸다. 사슴은 늑대들이 가까이 다가올 때까지 가만히 있다가 돌연 속도를 내서 늑대들의 머리 위로 날아갔다. 가볍고 우아하고 절제된 한 동작 한 동작에 개는 그만 사슴을 사랑하게 되었다. 사슴이 늑대에게 잡히지 않길 바랐다. 실제로 늑대들은 혀를 축 늘어뜨린 채 항복하고 말았다. 사슴이 이겼다.

바로 그때 전혀 예상치 못한 일이 벌어졌다. 사슴이 개를 향해 침착하게 걸어왔다. 둘의 코가 서로 거의 닿을 거리에 이르자 사슴이 이쪽저쪽으로 깡충깡충 뛰었다. 그러다가 달아나기 위해 얼른 뒷발굽으로 땅을 디뎠지만…… 사슴은 달아나지 못했다.

사슴의 허벅지가 눈앞을 스쳐 지나가자 개는 깊이 숨어 있던 본능으로 이성을 잃고 돌연 방향을 바꿔 사슴을 물어버렸다. 자신에게로 쓰러지는 사슴의 무게가 느껴졌다. 사슴의 발굽이 그의 코를 쳐서 살이 찢기듯 아팠다. 그러나 물고 있던 사슴을 놓아주지 않았다. 사슴이 땅에 굴렀고 순식간에 칼루의 검은 그림자가 사슴을 덮쳤다. 칼루가 사슴의 목을 꽉 물었다. 늑대의 눈에는 증오도 자비도 아닌 확고한 결단력만이 담겨 있었다. 사슴은 잠든 것처럼 꼼짝하지 않았다.

그제야 개는 발작적인 흥분 상태에서 벗어나 정신을 차리고

자기 앞에 무방비로 누워 있는 사슴을 보았다. 아직도 커다란 눈을 뜨고 있는 사슴은 그저 부드러운 눈빛으로 개를 바라보고 있었다. 사냥은 끝이 났다.

"잘했어!" 칼루가 지금까지 개에게 한 번도 보여준 적 없는 경의의 표정으로, 숨을 헐떡이며 말했다. "이건 네 거야."

개는 움직이지 않았다. 그의 것인 사슴은 뿔도 없었다. 사슴은 다른 동물을 해치지 않고 숲에서 신선한 풀만 뜯어먹는 그런 동물 아닌가……?!

"어서 시작해. 이 영광은 네 거야. 뭘 기다리는 거지?" 칼루가 물었다.

조금 전까지 하늘을 선회하던 까마귀들이 근처 나무에 내려 앉아서 그들의 몫을 기다렸다.

개는 몸을 떨었다. 지금까지 그는 늑대들이 먹이를 어떻게 구하는지 한 번도 궁금해하지 않았다. 어쩌면 알고 싶지 않아서였을지도 모른다.

"이제 당신들이 누군지 진짜로 알게 됐어요!" 뜻밖에 개가 분노하며 말했다. "처음 당신들을 만났을 때 당신들이 그런 부류일까 봐 두려워했는데 정말 딱 그런 놈들이에요. 당신들은 순례자가 아니라 살인자예요!"

"우린 사슴 한 마리를 잡았어. 다른 사슴들은 다 무사히 달아났다고."

"난 당신들이 목적지에 갈 수 있다고 믿었어요. 설령 그렇다 해도 더는 여기 있기 싫어요. 이건 내게 어울리는 삶이 아니에요. 이 정도로 충분해요. 난 인간들에게로 돌아갈 거예요!"

"너 하고 싶은 대로 해." 무니가 화를 내며 말했다.

늑대들은 개에게 눈길도 주지 않고 다시 죽은 사슴에게 달려들었다. 개는 돌아서서 멀리 흐릿하게 보이는 대도시의 따뜻한 불빛 쪽으로 달렸다.

3부
하느님

도시

숲의 나무들이 차츰 듬성듬성해지고 넓은 들판이 펼쳐지기
시작했다. 들판 사이로 작은 오솔길들이 나 있었는데 그 길들
은 비포장도로로 이어졌고 비포장도로는 시커먼 도로와 맞닿
았다. 그 도로는 이제 막 잠에서 깨기 시작한 도시로 향하는 길
고 곧은 대로로 이어졌다. 자기가 살던 도시는 아니었지만 그
래도 개는 집으로 돌아가는 기분이 들었다. 매끈한 도시의 인
도에는 친숙한 무언가가 있었고, 그것이 여러 주 동안 울창한
숲길을 지나온 그의 발을 환영해주는 듯했다.

구불구불하던 오솔길이 쭉 뻗은 인도로, 거친 나무 몸통들은
키가 서로 똑같은 가로등들로 바뀌었다. 풀과 들꽃과 나비가
사라졌다. 그 무렵 어느 쪽에선가 해가 떠오르고 있었지만 아

무도 그것에 신경 쓰지 않았다.

아직 자동차가 많이 다니지 않는 거리에서 돼지를 잔뜩 실은 커다란 트럭 두 대가 개 옆으로 쏜살같이 지나갔다. 돼지들은 자기 옆 돼지와 짓눌리도록 뺨을 맞댄 채 창살 밖으로 얼굴을 내밀고 밖을 내다보았다. 개는 초점 없는 작고 검은 눈에 담긴 체념과 자포자기를 감지했다. 돼지들이 저렇게 모여 어디로 가는 걸까? 순례자들 같지는 않았다.

개는 늑대들과 지내는 동안 누구의 눈에도 띄지 않게 움직이는 법을 배웠다. 그래서 사람들의 눈길을 끌지 않고 시내 중심가로 걸어갔다. 어찌해야겠다는 계획 없이 세상에서 일어나는 일들에 대한 믿음을 조금씩 키워가면서 앞으로 어떤 일이 일어나는지 보기 위해 계속 걸어 나갔다. 언제나 무슨 일이든 벌어지기 마련이니까.

개가 주위를 둘러보았다. 어느 곳에서도 식물이 자라지 않았다. 중앙 광장까지 걸어갔다. 거기서 걸음을 멈추고 한쪽에 멀찍이 떨어져 사람들 눈을 피해 상황을 살펴보기로 했다. 어느 가게에서 갓 구운 맛있는 빵 냄새가 새어 나왔다. 가게 진열장 뒤에는 소시지가 줄줄이 걸려 있었다. 그러나 들어가면 큰일 난다. 상점은 인간들만을 위한 곳이었다. 문이 굳게 닫힌 인간들의 집처럼 말이다.

분명한 것은 그가 새 주인을 찾아야만 한다는 사실이었다.

행인들을 주의 깊게 바라보았다. 누가 자신을 입양해줄 만한 사람인지 한 사람씩 유심히 살폈다. 한 부랑자가 지난밤 마신 술에서 아직 덜 깬 채 비틀거리며 지나갔다. 그 뒤에는 서류가방을 든 잘 차려입은 신사가 나타났다. 뚜벅, 뚜벅, 뚜벅, 그의 구두 소리가 들렸다. 그러나 급히 걸어가는 것으로 보아 허투루 허비할 시간이 없는 게 분명했다. 가방을 멘 아이 세 명이 학교에 지각하지 않으려고 달리고 있었다. 개는 아이들과 놀고 싶었지만 안타깝게도 아이들은 그를 보자마자 겁을 집어먹고 달아나버렸다. 주차된 자동차에서 젊은 여자가 내렸다. 자기 키보다 훨씬 커 보이고 싶은지 굽이 높은 구두를 신었다. 강렬한 향기를 뿜어내는 꽃 속에 파묻힌 듯, 그 여자에게서 진한 향수 냄새가 났다. 개는 코를 찌를 듯한 그 향기가 싫었다. 아마 벌들도 좋아하지 않을 게 틀림없었다. 여자는 빨간 원피스를 입었고 목걸이 세 개를 걸었다. 입술과 손톱도 새빨간 색이었다.

개는 석상처럼 꼼짝 않고 사람들을 관찰하고 소리를 듣고 냄새를 맡았다. 수없이 많은 사람이 지나갔지만 그의 마음에 드는 사람은 단 한 명도 없었다. 숲에서 만났던 생명체들과는 너무나 다른 인간들이 갑자기 기이해 보였다. 알몸으로 다니는 사람은 한 명도 없었다. 모두 다양한 색깔의 옷으로 피부를 가렸고 발에는 신발을 신었고 예외 없이 어떤 물건들을 들고 다녔다. 핸드백이나 서류가방, 우산, 지팡이, 모자 등등……. 개는

있는 그대로의 자신이, 다른 게 전혀 필요 없이 무늬처럼 자기 자신만으로 완벽하다는 사실이 자랑스러웠다.

개는 눈을 감고 도시의 심장 박동을 들어보려 했다. 뭔가 제대로 돌아가지 않는 걸까? 개가 보기에 도시는 지나치게 들떠 있고 너무 발랄했다. 도시의 심장 박동 소리는 자동차 굉음과 아스팔트 위의 발소리, 끊임없이 여닫는 문소리, 연신 들리는 전화벨 소리로 이루어졌다. 자연의 박동과 달랐다. 그 소리는 결코 멈추지 않았고 배경음으로 끊이지 않고 들려왔다. 그리고 인간들은 모두 그 리듬에 따라 걷고 있었지만 정작 본인들은 알지 못하는 듯했다. 예전에는 그 인간들이 신처럼 보였다. 이제는 그렇지 않았다.

광장 반대쪽 귀퉁이에서 한 연주자가 강아지 한 마리를 데리고 깔개 위에 앉아 만돌린 연주를 시작했다. 아름다운 음악이 들려왔지만 아무도 귀 기울이지 않았다. 이따금 연주자에게 동전을 던져주는 사람이 있었지만 그들 역시 음악에는 귀 기울이지 않았다.

연주자와 강아지 모두에게 호기심이 생긴 개는 고개를 똑바로 들고 꼬리를 세우고 연주자 앞으로 갔다. 연주자는 개를 보면서 즉석에서 개를 위한 노래를 불렀다.

우리를 찾아온 멋진 이방인,

용감한 눈빛이구나. 어디 말해봐, 원하는 게 뭐지?

혹시 늑대 아닐까, 그냥 개인가?
무슨 상관이야, 굶주린 너는 당장 먹이가 필요한데!

우리 노래가 마음에 들면
내가 네 주인이 되어줄게.

내 비록 누더기옷을 입고 음정이 틀린 노래를 부르지만
우리와 함께 가면 비스킷을 먹을 수 있단다!

연주자와 강아지가 일어서자 개는 그들을 따라갔다.

연주자가 계단을 한참 올라가더니 문을 열고 작은 아파트로 들어갔다. 방 하나 부엌 하나뿐인 아주 작은 아파트에는 악취가 고여 있었다. 조그만 발코니의 화분에서 자라는 식물들을 보고 개는 저절로 미소를 지었다. 발코니 아래를 내려다보니 둥글고 반듯하게 가지를 쳐놓은 나무들이 보였다. 그 나무들까지 인간에게 순종하고 있었다.

틀림없이 여기서는 쉽게 살아갈 것이다. 아무 위험 없이. 전 갈 위에 앉을 위험도 없고 꼬리로 몸을 따뜻하게 덮을 필요도 없이. 집은 덥지도 춥지도 않았고 바람도 불지 않았다. 닫힌 창문 너머로 날아가는 새들의 그림자가 보였다. 코를 킁킁거리며 주위 냄새를 맡고 난 개에게 할 일이라고는 카펫 위에서 자는 일밖에 없었다.

하루 일과 중 연주자가 저녁에 집에 돌아올 때가 가장 신났다. 강아지는 연주자가 계단을 올라오기도 전에 다가오는 그의 발소리를 알아듣고는 미리 문 앞에 나가 꼬리를 흔들었다. 개도 자신의 의무를 잊지 않고, 예전 주인에게 했듯이 그에게 뛰어오르며 인사했다.

"이리 와!" "앉아!" "앞발!" 연주자가 말했다.

개는 완벽하게 명령에 따랐고 연주자는 매우 흡족해했다.

"너 정말 영리한 개구나!"

'당신은 정말 좋은 분이에요. 별것도 아닌 걸로 기뻐하니까요.' 개는 생각했다.

저녁식사 후 연주자가 개의 목에 임시변통한 끈을 묶더니 강아지와 함께 산책에 데리고 나갔다. "내일은 진짜 네 목걸이를 사줄게. 좋지?"

연주자와 개와 강아지는 가끔 화단 앞에서 멈춰가며 천천히 인도를 걸었다. 화단에서만 간신히 흙냄새를 맡을 수 있었다. 산책길도 다른 길과 같았다. 검은 아스팔트 층이 두껍게 땅을 뒤덮었다. 그러나 개는 이제 도시의 아스팔트 밑에, 광장과 건물들 밑에 여전히 살아 있는 거대한 무언가가 있다는 걸 알았다. 그 무엇인가가 지금 그를 불렀다.

자동차들이 사방으로 쏜살같이 달려가며 남긴 고약한 매연과 열기가 불길한 전조처럼 시내에 떠다녔다. 불안감이 몰려와 개는 마음을 진정시키기 힘들었다.

꿈속에서뿐 아니라 깨어 있을 때도 계속 늑대들이 눈앞에 나타났다. 늑대들은 별다른 문제 없이, 그들이 지나가는 길에 흔적을 남기지 않으며 사이좋게 살았다. 그리고 그들의 노래 역시 뇌리에서 떠나지 않았다……

연주자는 집에 있을 때면 수많은 색들이 스쳐 지나는 유리상자 앞에 앉아 밤이 되도록 그 색들을 바라보았다. 개는 그에게서 배울 게 별로 없었다. 그런 삶은 이미 너무 잘 알았다. 확 트인 무한한 공간들을 달려보고 난 뒤라서 개 목줄에 끌려 산책하고 매일 밤 아파트에 갇혀 잠드는 일상을 되풀이하는 자신을 상상할 수 없었다.

셋째 날 아침, 개는 강아지용 비스킷을 먹으려다가 생각에 잠겼다. "매일 우리에게 주는 먹이는 어디서 오는 거지?" 개가 옆에 있던 강아지에게 물었다.

"신경 쓰지 마."

"아냐. 난 알고 싶어."

"돼지들에게서."

"아, 그래? 어떻게 여기까지 오게 되는데?"

"도시 밖 눈에 잘 안 띄는 곳에 큰 집이 있는데 돼지들을 그

집으로 데려가. 살아서 들어갔다가 죽어서 나오지. 난 딱 한 번 본 적이 있어."

"돼지를 어떻게 죽여?"

"인간들이 돼지를 잡는 거야."

"인간들이?"

"물론이지."

개는 냉장고에서 음식물을 꺼내거나 물건이 잔뜩 든 봉투를 들고 슈퍼마켓에서 나오는 인간들밖에 보지 못했다. 그 음식물이 어디서 오는지를 궁금해한 적이 한 번도 없었다.

"아, 그러니까 진실은 이렇구나." 개는 바로 진실을 이해하고 말했다. "인간들도 학살을 하는데 숨어서 하는 거야. 좋아, 학살을 피할 방법이 없다면 나도 늑대처럼 사는 법을 배울 테야. 그리고 내 먹이를 스스로 구할 수 없다면 굶을 거야."

개는 자기 앞에 놓인 비스킷이 잔뜩 든 그릇을 건드리지 않고 그대로 두었다.

"안 먹어?" 강아지가 물었다.

"안 먹을래. 오늘은 안 먹을래." 개가 말했다.

정오가 되어 오전에 광장에서 연주를 마친 연주자가 집으로 돌아왔다. 주머니가 동전으로 불룩했고, 개에게 줄 멋진 목걸이가 손에 들려 있었다. 그가 자물쇠에 열쇠를 넣고 문을 열었다……. 그 순간 강아지와 같이 문 앞에서 기다리던 개가 연주자의 다리 사이로 빠져나가 계단을 달려 내려갔다.

"야, 어디 가는 거야? 이리 와!" 연주자가 개를 불렀다.

"아니, 당신이 나한테 와요!" 개가 짖었다. "원한다면 나를 따라와요. 나는 달의 산에 가야 해요."

연주자는 어쩌면 개의 말을 알아들었을지도 모르지만 꼼짝하지 않았다. 개는 도로로 달아나 도시를 등지고 아스팔트 바닥이 다시 부드러운 흙이 되고 쇠기둥이 다시 나무로 바뀔 때까지 달리고 또 달렸다. 이제 도시에서는 개의 자취를 찾을 수 없었다.

지진

    도시 외곽에 도착한 개는 북쪽으로 가기 위해 자신의 그림자를 찾았다. 늑대들과 오래된 길을 다시 찾을 수 있을지는 모르지만 크게 걱정하지 않고 가던 길을 계속 걸었다. 한참을 가다 보니 귀에 거슬리는 까마귀 소리가 들려왔고 개는 그 소리의 주인공이 누군지 금방 알아챘다. 오디노와 그의 검은 무리였다. 까마귀들이 환상적인 곡예를 펼치며 그의 머리 위에서 빙글빙글 돌았다. 몸을 뒤집어 배를 하늘로 하고 날기까지 했다. 마치 자유가 무엇인지 개에게 직접 보여주려는 듯. 두어 번 더 회전 곡예를 한 그들은 멀리 보이는 언덕을 향해 직선으로 날았다. 새들은 언덕에 이르자 샛노랗게 불붙은 가을 나무들 속으로 사라졌다.

개도 생각에 잠겨 그쪽으로 향했다. 늑대들을 따라 그들의 길 안내와 보호를 받고, 그들의 식견에 의지해 지내며, 그들이 구해 오는 먹이를 먹고 그들이 고른 잠자리에서 잘 수는 없었다. 처음에는 젊고 경험 없는 일행이 별문제가 안 될 수도 있다. 그러나 갈수록 무리에 짐이 되기 마련이었다. 항상 느리고 의심 많은 그를 끌고 가느라 늑대들이 목적지에 도착하기 어려워질 가능성도 있었다.

개는 늑대와 같이 있고 싶다면 그들의 생활에 도움이 되어야 한다고 생각했다. 그가 늑대가 되어야만 했다. 그러나 그런 변신은 현실적으로 너무 어려워 보였다. 도시의 개로 살아온 그가 모든 면에서 늑대처럼 조용히, 결단력 있고 주의 깊게 행동하는 게 가능할까? 그는 선물과 사랑을 받는 데 길들여져 있었다. 그는 어떤 의문도 갖지 않은 채 복종하고, 꼬리를 흔들고, 어떤 산책이든 기꺼이 따라가고, 때때로 주위를 즐겁게 만들었다. 결코 늑대처럼 당당해질 수는 없을 터였다.

언덕에서 내려다보니 발밑의 도시는 거대한 개미굴과 더욱 비슷해 보였다. 개는 자신이, 온 세상을 개미가 지배한다고 생각하며 그 굴속에 머리를 박고 평생을 살아온 기분이 들었다. 그렇다, 정말 인간의 삶보다 훨씬 광대한 삶이 있었다. 도시 아래에, 위에, 주변에 말이다. 그것을 알아차리는 법을 배우기만 하면 사방에서 찾을 수 있었다. 인간은 자신의 요새에 틀어박

혀 있기에 그것을 보지 못할 뿐이었다.

개가 노랗게 단풍 든 나무 아래에 도착하자 까마귀들은 이제 보이지 않았다. 그런데 나무 아래에서 금방 지나간 듯한 늑대의 발자국이 눈에 들어왔다. 무니의 발자국 같았다. 그러면 다른 일행들은 어디로 사라진 거지? 개는 처음에는 냄새로 발자국을 따라가다가 늑대가 디뎠던 땅을 정확히 밟아 나갔다. 그러자 곧 일정한 박자에 따라 움직이게 되었고 별 힘을 들이지 않아도 앞으로 나아갈 수 있게 되었다. 빠르게 걷다 보니 조그만 호숫가를 지날 때 드디어 그의 순례자 친구들이 보였다. 무니뿐만이 아니었다. 일행이 모두 한 줄로 똑바로 서서 무니 뒤를 따라 총총걸음으로 걷고 있었다.

한 줄로 남겨진 발자국을 따라가면서 개도 늑대들처럼 가볍게 성큼성큼 걷는 법을 배웠다. 개는 순식간에 늑대들을 따라잡았고 기뻐서 꼬리를 막 흔들었다.

"네가 돌아올 줄 알고 친구들을 기다리게 하려고 애썼지." 무니가 말했다. "어쨌든 내 말을 믿지 않더라."

개가 칼루 옆으로 갔다. 나란히 달리다 보니 그와 주둥이가 스쳤다.

"훌륭한데, 개!" 칼루가 말했다. "어떻게 우리를 찾았지?"

"당신들 길동무를 따라왔어요. 까마귀들 말이에요!"

"아, 그러고 보니 너 그렇게 바보는 아니구나! 너도 늑대가 된 거 알아?"

"아우우우……!" 개가 노래했다. 이번에는 애쓰지 않았는데도 몸에서 저절로 그 소리가 나왔다. 다른 늑대들도 다시 노래를 시작했다.

산마루에 도착하자마자 갑자기 일행 모두가 반대쪽 아래로 튕겨 나갔다. 마치 돌풍에 새 떼가 흩어지듯, 산에서 흘러내리는 급류에 물고기가 뒤집히듯. 주변 세상이 뿌옇게 변했고 그들 발밑의 오솔길이 쿵쿵 울렸다.

행복에 한껏 들떠 있던 영리한 개는 자신의 운명을 거역하지 않았다. 오래된 길이 그를 불렀고 그는 거기에 자신을 맡겼다. 지금까지 한 번도 경험해보지 못한 속도로 늑대들 한가운데서 달리며 축축한 숲의 비탈길에 몸을 던졌고 일렁이는 산을 따라 달렸다. 발밑의 돌이 발바닥을 찔렀다. 근육을 통해 온몸의 감각이 조화롭게 꿈틀거렸다. 어디에 발을 디뎌야 할지는 생각조차 하지 않았다. 생각할 겨를 없이 전속력으로 질주했다.

개는 흔들림 없이 달려 나갔다. 꼬리가 살랑거렸고 바람이 콧속으로 잔뜩 들어왔다. 숲의 나무들이 그가 지나가게 한쪽으로 물러섰다.

그들 모두 누군가 자신의 소리를 들을지 모른다는 불안보다 살아 있다는 기쁨에 더 매료되어 있었다. 금지되어 있던 말을 다 함께 대담하게 외쳤다. "내 말 잘 들어라! 내가 여기 있다아아!"

계곡 반대편 경사면으로 올라가는 중에 발밑의 땅이 다시 흔들렸다.

계속 달리는데 숲 전체가 파도처럼 일렁였다. 그들이 쏜살같이 숲을 벗어나 나무가 없는 탁 트인 곳에 도착한 바로 그 순간 거대한 바위들이 굴러떨어지기 시작했다. 일행의 선두에 있던 칼루가 바위를 피하기 위해, 그만이 가진 놀라운 힘을 발휘해 더 속력을 냈다. 칼루를 흉내 내기에는 너무 늙은 무니는 자신의 속도를 유지했다. 개는 무니의 뒤를 따랐으며 그 뒤로 알리나와 아나가 달렸다.

불행하게도 바윗돌 하나가 굴러떨어지다가 큰 돌에 부딪혀 튕겨지더니 날아가던 방향을 바꿔 칼루 쪽으로 떨어졌다. 바위를 정면으로 맞은 검은 늑대 칼루는 공중에 붕 떴다가 벼랑으로 굴러떨어졌다.

구름 같은 흙먼지가 가라앉자마자 동료들이 칼루에게로 뛰어갔다. 하지만 칼루의 눈은 앞을 보지 못했고 귀도 소리를 듣지 못해 이름을 불러도 대답이 없었다. 멋진 털에 덮인 살덩이만 남았을 뿐, 이전의 칼루는 없었다.

"가자. 뭐 해?" 알리나가 개에게 말했다.

개는 자기 생각에 빠져 어쩔 줄을 몰랐다. 그는 스스로에게 물었다. '내가 알던 칼루는 어디로 갔지? 방금 전까지도 우린 한마음으로 통했잖아! 그의 몸에 털이 고스란히 다 붙어 있는

데, 눈도 제자리에 있고 다리도 꼬리도 마찬가지인데, 내가 알
던 칼루는 떠나버렸어. 그의 내부에 살던, 공기보다 가볍고 눈
에 보이지 않던 무엇인가가 날아가버렸어. 그럼 그건 이 세상
에서 가장 귀중한 것일 테니 나 역시 내 안의 그것을 소중하게
생각해야 하는 걸까……'

갑자기 개는 그들이 순례를 시작했던 여름의 그날처럼 모든 게 가볍고 태평하게만 느껴지지 않았다. 낮에는 여전히 온화했지만 가을의 밤들은 차츰 견디기 힘들어졌고 찬바람에 몸이 으스스 떨려왔다.

땅이 진동을 멈춘 뒤 다시 사방이 고요해졌다. 하늘에서는 언제나처럼 크고 밝은 별들이 반짝였지만 곧 거대한 검은 연기가 별빛을 가려버렸다.

계곡과 언덕 너머를 바라보던 개의 눈에 조금 전 떠나온 도시가 다시 들어왔다. 무수했던 불빛들이 죄다 꺼져 깜깜했다. 곧이어 굶주린 거대한 혀가 널름대는 것처럼, 무너진 건물에서 불길이 미친 듯이 하늘로 솟구치는 게 보였다.

도시에서는 건물이 무너지고 돌들이 떨어졌다. 숲에서는 친구가 죽었다. 멀리 있는 도시가 붕괴되었다. 그러나 산은 그대로였다.

배고픔

북쪽에서 다시 바람이 불어왔다. 전나무 숲의 냄새와 눈 냄새가 바람에 실려 왔다. 개는 눈을 감고 그 냄새를 맡았다. 아직 눈이 내리기 전이지만 나무들은 자기네 방식으로 추위에 대비했다. 이파리를 다른 색으로 물들였다가 완전히 다 떨어뜨렸다. 낙엽 떨어지는 소리가 숲을 가득 메웠다.

얼마 전부터 인간들의 거주지가 보이지 않았다. 멀리에도 없었다. 개와 늑대들은 긴 산맥의 등성이를 지나 산이 끝나고 평야가 시작되는 곳에 이르러 호수와 늪 사이를 지났다. 호수며 늪이며 거의 언제나 안개에 뒤덮여 있었다. 물은 어디서나 구할 수 있었지만, 그들이 포위할 수 없는 온갖 종류의 새 떼들 말고는 짐승 한 마리 찾아보기 힘들었다.

용감한 칼루의 빈자리가 컸다. 칼루는 하늘과 강에서 개는 이름조차 모르는 짐승들을 찾아내 동료들에게 군침 도는 먹이로 선보이곤 했다. 이따금 안개 속에서 발굽과 뿔이 달린 덩치 큰 짐승 떼를 발견했지만 늑대 세 마리와 이제 겨우 사냥 기술을 배우는 중인 개가 상대하기에는 너무 컸다.

제대로 된 식사를 하지 못한 지 꼬박 일주일은 됐을 것이다. 이제 너무 굶주려 배가 등에 달라붙었다. 그러나 늑대들을 두려움에서 벗어나게 하고 흔들림 없이 공격하도록 자극하는 건 바로 그런 배고픔이었다. 그때 그들이 가는 오솔길에 누구든 나타나기만 하면 끝장이었다!

두더지 한 마리 잡지 못해 정말 먹을 고기가 없을 때 늑대들은 어쩔 수 없이 다른 먹이로 만족해야 했다. 다행히 무니는 경험이 많아 온갖 짐승뿐만 아니라 식물들도 잘 알았다. 어느 날 밤 알리나가 해준 이야기에 따르면, 무니는 네 다리와 지식만을 가지고 전 세계를 여행했다. "아는 게 많을수록 필요한 게 적어지는 법이야!"

땅에는 버섯이 자랐다. 무니는 나뭇잎들 속에 파묻혀 거의 눈에 띄지 않는 갈색 식용 버섯과 먹음직스러운 빨간색 독버섯을 구별할 줄 알았다. 한번은 무니가 허기를 달래줄 덩이줄기를 찾으려고 버섯을 다 파헤쳤다. 설명하는 일이 아주 드문 무니가 버섯을 파헤치면서, 예전에 있었던 멧돼지 일화를 들려주

었다. 혼자 사는 지혜로운 멧돼지를 공격하는 대신 그의 비밀
스러운 습관을 배우려고 며칠 동안 멧돼지를 미행했다는 이야
기였다.

"멧돼지에게 덩이줄기는 아주 귀한 먹을거리야." 무니가 이
야기를 마무리했다. "늑대에게도 그럴 거야. 멧돼지와 그리 다
르지 않으니까."

"맞아, 무니." 아나가 존경의 눈빛으로 무니를 바라보며 말
했다.

어느 날 주변을 살피던 개가 호수에서 뭔가 꿈틀하며 반짝
이는 것을 발견했다. 개는 호숫가를 조용조용히 걸어가다가 걸

음을 멈추었고 돌연 머리를 물속에 들이밀었다. 물이 사방으로 튀었고 급습을 당한 물고기는 개에게서 달아나려고 필사적으로 몸부림쳤다. 개는 이빨로 물고기를 물어 호숫가에 던져버렸다. 직접 물고기를 죽일 마음은 없었는데도, 다시 물로 뛰어들려는 물고기를 앞발로 계속 누르다 보니 이윽고 물고기가 뻣뻣해져 더 이상 퍼덕이지 않았다.

그렇게 큼직한 물고기는 특히 맛이 좋았다. 그리고 개는 무니가 생선을 아주 좋아한다는 것을 알았다. 개는 자신의 사냥물을 한껏 자랑스러워하며 물고기를 그곳에 놔둔 채 급히 동료들을 부르러 갔다. 동료들은 따뜻한 바위에서 낮잠을 자고 있었다. 동료들을 깨우기 싫어서, 깜짝 놀랄 사냥물 이야기는 뒤로 미루고 자신도 그옆에 누웠다.

흔치 않은 평온한 시간을 즐기고 있던 바로 그때 까마귀 한 마리가 요란하게 울어댔다. 귀에 거슬리는 그 소리에 개는 화가 났다.

"까아악-깍!" 암까마귀가 처음 울던 까마귀에게 대답했다.

개는 그 소리에 가만히 귀를 기울였다.

"까악!" 다시 처음 울던 까마귀가 말했다.

"까아악-깍-악!" 세 번째 까마귀가 이어 울었다.

"까아악-까, 까아-악!" 네다섯 마리가 합류해서 요란하게 울어대며 뭔가를 의논했다.

호기심이 생긴 개는 더 주의 깊게 귀를 기울였고 까마귀들이 무슨 이야기를 하는지 대강 알아차렸다.

"까악, 그러면 가자. 서둘러. 뭘 기다려. 까악?!" 첫 번째 까마귀가 워낙 크게 말해서 다른 까마귀들 소리는 들리지 않았다. "까악. 저 잠꾸러기들이 깨기 전에 가지러 가자!"

수풀 속에서 날아오르는 까마귀 떼를 보고 개가 벌떡 일어나 미친 듯이 짖어대더니 호숫가로 달리기 시작했다. 요란한 소리에 잠을 깬 무니가 흥분하는 개를 보고 의아해했으나 개는 설명해줄 겨를이 없었다.

개는 심장이 터지도록 급하게 호숫가로 달려갔다. 너무 늦었다! 까마귀들이 부리로 물고기를 낚아채더니 날개를 크게 퍼덕이며 물고기를 가지고 멀리 날아가버렸다. 개가 필사적으로 뛰어올라 제일 느리게 나는 까마귀의 날개를 붙잡았다. 한쪽 눈이 하얀 까마귀였다.

그때 무니와 다른 늑대들도 와서 그 광경을 목격했다.

"도둑놈들!" 개가 짖었다. "무니, 당신을 주려고 커다란 물고기를 잡았는데 저 빌어먹을 새들이 가져가버렸어요."

개에게 잡힌 까마귀가 분노하며 요란하게 울어댔다. 화가 머리 꼭대기까지 치민 개는 그 자리에서 당장 새의 목을 부러뜨릴 기세였다.

"까아악-악-악!" 까마귀가 대들었다.

"놔줘!" 무니가 말했다. "걔는 오디노야. 나이 많은 까마귀 떼의 대장이지."

"뭘 그렇게 울어대, 못된 까마귀 놈아? 언제나 죽음이 있는 곳만 따라다니면서!"

"내가 죽음을 따라다닌다는 건 부인하지 않아." 오디노가 개에게 대답했다. 개는 까마귀가 자기 말을 정확히 알아들은 것에 깜짝 놀랐다. 그가 자신과 똑같은 언어를 사용한다 해도 믿을 것 같았다. "그렇지만 우리 모두에게 삶이라는 놀라운 기적을 존중하게 하는 최고의 스승은 무엇일까? 어쨌든 내 외모가 이렇게 음산하기는 해도 한 번도 다른 생명체를 직접 죽인 적은 없어."

개를 뚫어지게 바라보는 까마귀의 한쪽 눈이 선량하게 반짝였다.

"난 궂은 일은 다른 이에게 맡겨." 까마귀가 말을 이었다. "우리 까마귀들은 이미 죽은 시신을 뜯어먹으며 그저 청소할 뿐이야. 너희 늑대들이야 두말할 필요도 없이 숲의 제왕이지. 우린 너희들이 배부르게 먹고 남긴 찌꺼기면 충분해. 그리 많은 걸 원하지도 않는다고. 네가 아는지 모르겠는데 날기 위해서는 몸무게를 적당히 유지해야 한단다."

"이제 내가 그런 더러운 청소부에게 교훈을 하나 주지!" 분을 이기지 못한 개가 말했다.

"까아악, 더럽다고? 내가 너보다는 훨씬 깨끗해!" 오디노가 말했다. "난 다 봤어, 알아? 너는 물에 들어가는 걸 두려워해. 내 몸은 발톱에서 부리까지 온통 새까맣지만 사제복 색깔과 똑같단다. 넌 날 더 존경해야 할걸."

"쳇, 도둑을 존경하라고? 너희들은 나뭇잎 사이에 숨어서 호시탐탐 우리가 잡은 사냥물에 날아 앉아 그거 한 조각 훔쳐갈 궁리만 하잖아."

"까아악-악, 나보고 도둑이라고? 무니, 너희들에게 먹을 게 하나도 없을 때 사슴 떼를 찾도록 도와준 게 누구인지 얘한테 이야기 안 했어? 이봐, 개 친구, 네가 처음으로 사슴을 사냥할 수 있게 널 안내한 이가 누구더라?"

"오디노 말이 맞아." 무니가 말했다. "넌 아직 모르는데, 까마귀는 하늘에 있는 우리 눈이고 우리 협력자야……."

개는 당황해서 어쩔 줄 몰랐다. 무니가 산등성이들 사이를 볼 수 있었던 것이 바로 까마귀 덕이었다니!

"자, 보내줘." 무니가 말했다. "깃털과 가죽밖에 없는 새 한 마리로 뭘 하겠니? 네 이빨에 깃털만 끼게 될 뿐이야."

무니가 개에게 비열한 까마귀, 염소 목소리를 내는 까만 거지를 살려주라고 명령한 이유는 이뿐이었다. 개가 하고 싶은 대로 했다면 기꺼이 까마귀를 갈기갈기 찢어버렸을 것이다. 개는 마지못해 입을 벌려 오디노를 놓아주었다. 털이 다 헝클어지고 어깨가 한쪽으로 약간 기울어진 오디노가 그때까지 허공을 맴돌던 몇몇 까마귀에게로 날아갔다.

늑대들은 나쁜 상황을 잘 해결한 뒤 다시 따뜻한 바위로 돌아와서 거대한 도마뱀들처럼 몸을 쭉 펴고 누워 금빛으로 반짝이는 따사로운 햇볕으로 대신 영양을 섭취했다.

환상

물고기는 날아갔지만 배고픔은 날아가지 않았다. 그들은 구할 수 있던 유일한 먹이를 잃어버리고 점점 굶주림으로 지쳐갔다. 며칠 밤이 지나도 늑대 일행은 구름과 바람밖에 만나지 못했다. 주린 배는 정신력을 강화시켰지만 몸을 허약하게 만들었다. 슬금슬금 의심이 생기기 시작하며 낙담하게 되었다. 그들은 잠을 훨씬 많이 잤다. 일어나기가 점점 더 힘들어졌다. 걸음도 느려졌다. 걸음을 멈추는 일도 잦았다. 항상 그들을 따라오던 까마귀들도 얼마 전부터 보이지 않았다.

어느 날 밤 일행이 다시 길을 떠나려는데 알리나가 자신은 오래된 길로 가지 않겠다고 선언했다.

그러자 놀랍게도 아나도 알리나와 같이 가겠다고 말했다. "겨울이 오고 있어." 아나가 약간 불편한 기색으로 말했다. "눈이 두려운 건 아니야. 그렇지만 지금 계속 가는 게 무슨 의미가 있을까? 여기서 더 가면 꽁꽁 얼어붙은 들판밖에 없을 거야. 동쪽에 넓은 자작나무 숲이 있다는 이야기를 들었어. 그 숲에는 인간은 없고 동물은 많대. 아마 거기서 우리가 머물 곳을 찾을 수 있을지도……."

"그리고 보금자리를 마련해야 해." 알리나가 끼어들어 말했다. "달의 산은 언제나 저 산 너머에 있어서 우린 절대 갈 수 없을 것 같아."

"우리는……" 아나가 말을 이었다. "가정을 갖고 싶어. **우리** 가족을 말이야."

"혹시 봄이 되면 다시 순례를 시작할지도 모르겠어." 알리나가 말을 마쳤다.

"봄이 되면 아마 너희들이 생각해야 할 다른 일들이 생길 거야." 무니가 부드럽게 말했다. "그리고 그것들이 세상에서 가장 소중하다고 느낄걸."

아나가 알리나의 마음을 사로잡았는지, 아니면 그 반대인지 모르지만, 개는 둘이 함께 떠나려는 것을 봐도 샘이 나지 않았다. 오히려 자작나무 숲에서 곧 자라게 될 아기늑대를 상상하고는 행복해졌다.

알리나와 아나가 무니의 다리에 주둥이가 닿을 정도로 고개를 숙였다.

"어느 날엔가 내가 오래된 길을 다시 찾게 될지 아무도 모르는 일이잖아." 알리나가 말했다.

"네가 기쁨을 느껴보고 네 임무를 다하고 나서, 원한다면 오래된 길을 다시 걸을 수 있겠지. 언제든 네가 있는 바로 그 자리에서 출발하면 되니까."

무니가 그들의 이마에 입을 살짝 갖다 댔다. "이제 가서 너희 인생을 살아."

눈이 내리기 시작했다. 알리나와 아나가 돌아서서 신랑신부처럼 나란히 길을 떠났고 휘날리는 눈송이들 속으로 사라졌다.

이제 날씨가 너무 추워져서 밤이 되면 단둘이 남은 무니와 개는 눈보라만 겨우 피하는 불편한 곳에서 서로 몸을 바짝 붙이고 웅크린 채 잠을 잤다. 가끔 개는 자신들이 존재하지 않는 무엇인가를 찾아가는 허황되고 가여운 동물이 아닌지 자문하곤 했다.

이 주 동안 끝도 없이 펼쳐진 평야를 지나고 나자 지평선 자락에서 새로운 언덕들이 나타났다. 언덕이 계속 이어졌고 그 뒤로 높은 산들이 우뚝 그 형체를 드러냈다. 산들은 마치 계단처럼 뒤로 갈수록 더 높아지다가 하늘로 이어지듯 구름 속으로 사라졌다.

밤중에 불안해서 깊이 잠들지 못하고 선잠을 자던 개는 잠결에 구름들이 서서히 열리고 마치 환상처럼, 한 번도 본 적 없는 경이로운 산이 나타나는 광경을 보았다. 그 산은 평야와 언덕과 산과 구름들 위에서, 느릿느릿 흩어져가는 안개 속에서 움직임 없이 서 있었다. 그곳에서 조화와 영원성이 뿜어져 나왔다. 저토록 높은 곳이 있을 수 있을까? 다섯 개의 뾰족한 봉우리가 있는 그 산은 달빛 속에 빛나는 하얀 성처럼 하늘에 떠 있었다.

개는 입을 다물지 못했다. 그 산이 뭔지 의심의 여지가 없었다.

앞발을 뻗어 무니를 깨웠다. 그러나 무니가 눈을 뜨는 사이 구름은 다시 원래의 모습으로 돌아왔다.

"틀림없어. 네가 본 게 틀림없어." 무니가 속삭였다. "달의 산이 저기 있어. 그렇지만 네게만 모습을 보이고 싶었나 봐."

"왜요?"

"그 이유야 우리가 어떻게 알겠니?"

목적지를 향해 어마어마하게 먼 길을 지나왔지만 마침내 그 산을 얼핏 보게 된 지금 개는 절대 그곳에 가까이 갈 수 없을 것 같은 기분이 들었다. "이 세상의 산이 아니에요. 너무 높이, 하늘에 떠 있어요……."

늙은 늑대가 고개를 끄덕였다. "이 아래에서 봤는데도 그렇게 멋지다면 저 위에서 보는 세계는 어떨지 상상해봐. 어쩌면 실제로 본 거나 다름없을지도……."

개는 무니의 마지막 말을 듣지 못했다. 늙은 늑대가 정말 마지막 말을 했는지, 그냥 재채기 같기도 하고 탄식 같기도 한 이상한 소리만 내고 말았는지도 확실치 않았다.

작별

이제 개에게는 무늬밖에 없었다. 개는 눈 속에 찍힌 무늬의 발자국을 정확히 따라 걸으며 성실히 그의 뒤를 따랐다. 다리는 얼어붙어 쇠약해지고 눈은 갈수록 침침해지는 늙은 늑대를 따라가는 것보다 즐거운 일은 이제 없었다. 이상하게도 개는 무늬가 좋았다. 개처럼 젊은 동물은 알리나처럼 매력적인 늑대와 밤낮을 함께 보내고 싶어 하는 게 훨씬 자연스러웠다. 그러나 개는 효율성이 떨어지는 늙은 늑대의 굼뜬 동작과 눈앞이 점점 흐려지는 그의 시선을 바라보고 있는 게 좋았다.

무늬는 차츰 말이 없어졌다. 피곤한 기색을 자주 보였다. 개는 기회가 있을 때마다 무늬를 도와주려 했고 쓴맛이 나는 약초와 약효는 떨어지지만 무늬가 맛있게 먹을 달달한 풀을 섞어 무니에게 가져다주었다. 한번은 죽은 사슴 고기 조각까지 구해다 주었다.

예전에 개는 도시에서 자신의 젊음을 자랑스러워했지만 이제는 노년의, 늙은이의 아름다움을 알았다. 또는 나이테를 만들어놓은 수천 번의 계절을 지나, 젊고 푸르던 시절보다 훨씬 매혹적으로 변한 노년의 나무들을 바라보기도 했다.

어느 날 아침 늘 충실하게 그들을 따라오던 까마귀들이 푸드

득 높이 날아오르더니 오던 길로 되돌아갔다. 새들은 작은 점이 되더니 멀리 사라져버렸다.

"드디어 떠날 때가 됐군!" 개가 중얼거렸다.

그러나 가끔 검은 점 하나가 여전히 눈에 뜨이곤 했다. 홀로 남은 그 까마귀는 그들 뒤를 따라오기는 했으나 개와 늑대의 배설물로 배를 채울 뿐이었다.

"오디노가 분명해."

"둘이 친구예요?" 개가 물었다.

"그렇다고 할 수 있지. 오디노는 오래전부터 나를 따라다녔단다. 나를 따라다니기 전에는 내 어머니를 따르며 방향을 알려주었지. 그 이전에는 우리 할머니에게 그랬고. 심지어 그 할머니의 할머니에게까지 말이야."

"어떻게 그런 일이 가능해요?!"

"네 식으로 말하자면 저 '빌어먹을 새'들은 늑대보다 열 배는 오래 살거든."

무니의 건강이 악화되었다. 어느 날 저녁 보통 때처럼 해지기 직전에 눈을 뜬 개는 여전히 일어나지 않고 땅에 웅크리고 있는 무니를 발견했다. 온몸에 눈이 살짝 덮여 있었다. 어디가 안 좋은 것이다. 지는 해가 작별을 고할 때까지 늦잠 자는 무니를 본 적이 있던가?

개는 무니가 더 자도록 내버려둔 채 그의 옆에서 바람을 막아주었다. 마침내 무니가 한쪽 눈을 뜨자 개가 조심스레 무니 쪽으로 돌아누웠다. "말해봐요, 무니, 필요한 게 있으면 말해줄래요?"

"필요한 것?" 무니가 힘없이 웃으며 말했다. "내가 필요한 게 뭐가 있겠니?"

무니는 언제나 그 자체로 완벽했다. 무니가 다시 눈을 감았다.

"그래도 많이 안 좋아 보여요." 개가 고집스레 말했다. "저녁에 지는 해에게 인사하지 않는 당신을 한 번도 본 적이 없는걸요⋯⋯."

"다리가 무거워. 땅이 나를 꽉 붙들고 놔주려고 하지 않는 것 같아."

"당신 노래를 들어본 지 벌써 한참 되었네요."

"숨이 가빠 노래할 수가 없어."

둘 사이에 깊은 침묵이 내려앉았다.

"사랑하는 형제, 내 길동무." 무니가 힘겹게 말을 이었다. "네게 꼭 해야 할 말이 있어. 사흘 밤 뒤에 난 떠날 거야."

"떠나다니요, 무니?" 개가 물었다. "어디로 가는데요? 우리 같이 달의 산에 가야 하는 거 아니었어요?"

무니가 하얀 털에 에워싸인 멋진 얼굴을 내저었다. 이윽고 개는 그 말뜻을 알게 되었고, 그의 눈에서 굵은 눈물이 소리 없이 흘러내렸다.

사흘 동안 개는 누운 자리에서 꼼짝하지 않는 무니를 돌봤
다. 이따금 얼음같이 찬 물이 흐르는 개울로 가서 입안 가득 물
을 머금고 와 무니의 목을 축여주었다. 그것 말고 무니가 원하
는 건 하나도 없었다.

"세상일은 우리가 상상하는 대로 되지 않는단다." 무니가 개
에게 말했다. "세상을 돌아다닐 만큼 돌아다니고 나니 가보지
않은 곳은 달의 산밖에 없더라. 그 산에 대한 이야기는 많이 들
었지. 그래서 나는 산을 찾아 길을 떠나게 되었어. 그러다가 어
느 날 홀로 있던 암늑대를 만났지. 내가 오래된 길을 아는 떠돌
이 늙은 늑대라고 생각한 그 늑대가 나를 따르기로 결심했어.
우리는 같이 길을 가다가 용감한 칼루를 만났단다. 그리고 아
나도 만났지. 마지막에 네가 나타났어. 너를 보고 우린 깜짝 놀
랐지. 경험도 없고 친구도 없는 개가 숲속에서 혼자 뭘 하는 걸
까? 다행히 우린 진짜 늑대 떼가 아니라 순례자였어. 안 그랬
으면 널 잡아먹었을걸. 그런데 난 처음 본 순간부터 네게 뭔가
있다는 걸 느꼈단다. 내가 만나본 그 어떤 늑대보다 네게는 사
랑이 넘쳤어. 너는 네 주인을 맹목적으로 사랑했지. 넌 헌신이
뭔지 알아. 넌 따뜻한 마음을 가졌고 친절하고 충직하고 변함
없는 투지가 있어. 그럴 만한 자격도 없는 주인을 그렇게 순수

하게 사랑할 줄 안다면 누구든 조만간 세상에서 가장 가치 있는 것을 사랑하게 될 거야. 그리고 그 사랑으로 어느 날엔가 거기에 도달하게 되지."

"그게 뭔데요?" 개가 물었다.

무니가 빙그레 웃었다. "넌 이제 산 발치에 와 있어. 넌 내가 널 그곳으로 데려다주리라고 믿었지. 네게 이 여행은 다른 늑대들에게보다 훨씬 가혹했어. 넌 의심했지만 결국 끝까지 남았지. 내가 너를 찾은 것도 아니고 네가 나를 찾지도 않았어. 우리는 그냥 우연히 만난 거야. 네 이야기를 들으면서, 그렇게 멀고 높은 목표에 도달하고 싶어 애쓰는 네 순진한 마음을 느끼면서, 난 널 도와야 한다는 걸 즉시 알아차렸단다. 이제 넌 목적지에 거의 다 왔어. 가거라!"

"그렇지만 무니, 당신이 없는데 어떻게 앞으로 갈 수 있어요?" 개가 말했다. "당신을 만났을 때 난 그저 어리석은 개에 불과했어요. 지금 여기까지 온 건 다 당신이 있었기 때문이에요." 반짝이는 개의 눈에 진심 어린 마음이 담겨 있었다. "당신이 없었다면 난 죽었을 거예요. 당신이 내 안내자였으니까요."

늑대가 고개를 저었다.

"난 네가 오래된 길을 가다 만난 순례자일 뿐이야." 무니가 말했다. "폭포와 번개와 거대한 나무와 사슴 기억하지……? 네겐 안내자가 아주 많았어. 그런 안내자들 중에 늙은 늑대도 한 마리 있었던 거야."

개는 그 말에 가슴이 뭉클했다. "제일 힘센 늑대도, 제일 빠른 늑대도, 제일 똑똑한 늑대도 가지 못한 곳에 개가 어떻게 갈 수 있어요? 마지막 조언이라도 한마디 해주세요!"

"어떻게라고 묻지 마라. 성공한 늑대는 없어. 그 산에서 살아남을 생명체도 없지. 나무 한 그루, 풀 한 포기조차 거기서 살지 못해. 그 위에는 돌과 얼음과 죽음밖에 없단다. 네가 달의 산에 도달하고 싶으면 '나는 간다!' 이 생각만 해야 해. 그러니 가거라. 네 힘이 닿는 데까지 가봐. 그 뒤에도 계속 가야 해."

"그래도⋯⋯." 개는 밀려드는 슬픔으로 가슴이 찢어질 것만 같았다. 그는 무니를 놔두고 떠나고 싶지 않았다. 마지막으로 늙은 늑대를 설득해보려 했다. "당신하고 나하고 먼 길을 함께 왔어요, 무니. 당신은 저 산 위에 가고 싶지 않아요?"

무니가 한숨을 쉬었다. "다른 어떤 목적지보다 내가 가장 가고 싶었던 곳이란다. 우리는 모두 그 여행을 위해 태어났지. 이제 내 몸은 너무 늙어서 저 위까지 갈 수가 없어. 그러나 내 몸을 여기 놔두면, 그때는 틀림없이 그곳에 가게 될 거다!"

달의 산

순례 여행을 시작한 여름에는 온 세상의 생명체를 위한 열매들이 풍성했다. 그러다가 가을이 찾아왔고 열매들이 나무에서 떨어졌다. 떨어진 열매는 뒤얽힌 가시덤불 속에서 시들어갔다. 밤이 길어지고 낮이 짧아졌으며 북쪽에서 눈을 몰고 올 바람이 불기 시작했다. 동물들은 무리를 짓거나 짝을 지어서, 혹은 홀로 계곡으로 내려가 산을 떠났다.

넓은 산은 하얗게 변했다. 그 산 위에서는 강인하고 악천후를 잘 견디는 나무조차 자라지 못했다. 고원을 덮은 잡초들마저 누렇게 시들었고 뿌리를 깊이 내려 땅속으로 숨어버리는 중이었다. 개울에서 마음대로 졸졸 흐르던 물도 무덤 같은 침묵 속에서 꽁꽁 얼어붙었다.

여행은 너무 힘들었다. 그리고 이제 너무 늦어버렸다.

개는 얼음 조각상처럼 변해버린 무니를 마지막으로 바라보았다. 그리고 산을 향해 돌아섰다. 물론 구름 속으로 사라지는 산비탈을 바라보면 목적지까지 갈 수 없을 것 같았고 거기에 간다는 것이 미친 짓 같았다. 그러나 그는 스스로에게 약속했다.

무니에게 등을 돌리자마자 눈보라가 시작되었다. 천둥소리와 갑작스러운 돌풍이 눈보라를 예고했다. 눈보라는 가벼운 진눈깨비와 함께 조용히 시작되었다. 순례 여행을 하는 동안 개의 발바닥은 거칠어졌다. 몸은 말랐고 꼬리까지 털이 풍성해졌다. 이제 그의 귀는 새들이 전해주는 소식을 알아들을 수 있었다. 밤을 사랑하게도 되었다. 배고픔 때문에 사냥 기술을 배웠다. 하지만 산에 생명체가 하나도 없다면 그 모든 게 무슨 소용인가?

산비탈을 오르면 오를수록 눈발이 거세게 몰아쳤고 거친 바람이 불어왔다. 부드러운 눈송이가 위에서 떨어지는 게 아니라 정면으로 얼굴을 때려서 성난 벌 떼들이 얼굴을 쏘아대는 듯했다. 개는 높이 올라갈수록 날씨가 나빠질 거라고 짐작했지만 이렇게 심한 눈보라는 예상하지 못했다. 눈을 피할 나무 한 그루 없어서 눈이 그치기를 기다리며 큰 바위 사이에 웅크리고 있어보려 했다. 앞이 보이지 않게 눈이 쏟아졌다. 바위도 눈을 막아주지 못했기 때문에 개는 차라리 돌아다니며 몸에 열을 내보기로 했다. 눈을 감고, 추위에 얼어붙어 무감각하고 무거워

진 다리로 겨우 비틀비틀 앞으로 걸어갔다.

반쯤 뜬 눈으로 흘깃 보니 구불구불한 검은 선 하나가 그의 앞에 나타났다. '개울이야.' 개는 즉시 그게 뭔지 알아보고 생각했다. '개울을 건널 방법이 없어. 물에 휩쓸려 떠내려갈 거야.'

개는 겁이 나 덜덜 떨면서 개울가에서 걸음을 멈췄다. 그러다가 자신이 할 수 있는 딱 한 가지 일을 했다.

개울을 뛰어넘었다……. 순식간에 개울을 넘어 반대쪽에 도착했다. 혹시 얼어붙은 개울에 자기도 모르게 발을 디딘 건 아닌지 확인하려 뒤를 돌아보지도 않고 눈보라 속을 계속 걸었다.

그의 생각들이 공기와 뒤섞여 안개 속에서 형체를 드러냈다가 잠시 후 사라져버렸다. 눈앞에 얼음벽이 있는 것 같았다. 그는 미끄러졌다가 다시 일어서고 또 미끄러졌다. 눈과 얼음이 입안 가득 들어와서 숨이 막혔다. 곧 눈과 얼음이 입안에서 녹기 시작했다.

'혹시 저 반짝이는 돌들도 입안에 넣으면 녹으려나?'

갑자기 땅이 평평해졌다.

마침내 도착했다.

개는 달의 산 정상에 있었다.

개는 걸음을 멈추고 무슨 일이라도 일어나길 다렸다. 눈을 크게 뜨고 주위를 둘러보았다. 아무것도 없었다. 하얀색밖에 보이지 않았다. 끝도 없이 하얗기만 했다. 낮도 밤도 아니었다. 형태도 냄새도 소리도 없었다. 아무것도, 아무것도, 아무것도 없었다. 아무도. 바람도 잦아들었다. 눈과 구름이, 땅과 하늘이, 모든 게 똑같았고 모두 하얗기만 했다. 개는 그곳이 생명과 세상 모든 것의 근원일 거라고 상상했다. 황량하고 텅 빈 장소일 리가 없었다.

'아무것도 아닌, 고작 이런 곳에 오려고 그 길고 험난한 여행을 한 거야?' 개가 자신에게 물었다. '난 정말 멍청한 개야!'

다리에 힘이 빠져 드넓은 눈밭에 털썩 주저앉았다. 잠시 후 안개가 걷히기 시작하더니 완벽하게 둥근 커다란 눈이 하나 나타나서 개를 바라보았다.

"누구세요?!"

개는 하루가 어떻게 시작하고 끝나는지를 떠올렸다.

"해인가? 해라고 하기엔 너무 창백한데. 치명적일 정도로 창백해. 온기도 하나 없어. 이곳은 저승 세계인가? 난 벌써 죽은 건가?"

결국 개는 침묵과 허공에, 아무것도 없는 그곳에서 자포자기하고 말았다.

그는 자고 또 잤다…….

시간이 흘렀다. 그런데 아무것도 아닌 것이 아닌, 무언가가 있었다. 약하디약한 무언가가. 그것은 아주 멀리서 오고 있었

191

다. 어쨌든 아무것도 아닌 것은 아니었다. 기억이 살아났다. 집. 주인이 그의 귀 뒤쪽을 쓰다듬어주는 건가……. 아니면 한 번도 만난 적 없다고 생각한 엄마가 털을 핥아 눈을 닦아주는지도 몰랐다……. 아니, 엄마도 아니었다. 다정한 손가락들이 강물이 흐르듯 그의 뒤에서 털끝을 살짝 스치며 지나갔다. 사랑의, 생명의 빛이었다.

개가 돌아보았다. 하늘 반대쪽에서 안개를 뚫고 나타난 두 번째 눈이 그를 보고 있었다. 첫 번째 눈과 같았으나 달랐다. 금빛이었다.

"해야! 아까 본 건 스러지던 달이었어. 그러니까 난 아직 살아 있어. 오, 자연은 정말 아낌없이 다 주는구나! 달의 산 정상에서 해가 눈부시게 빛나고 있어!"

아래쪽에서는 여전히 눈보라가 쳤다. 산 위는 고요했다. 개는 환하고 따뜻한 햇볕을 그대로 받으며 기운을 되찾았다.

개는 있는 힘을 다해 겨우 일어설 수 있었다. 그가 있는 하얀 산 정상은 구름바다 속에 떠 있었다.

그 순간 그는 알고자 했던 것을 알게 되었다.

생명체를 보살피는 무엇인가가 있다는 것을.

'어느 날 아침 나는 맨몸으로 버려져 혼자 길을 떠났어. 늑대가 내게 넓적다리 고기를 주며 말했지. 달의 산에 가봐. 거기

도착하면 알게 될 테니……. 난 떠났고 하루가 지나기도 전에 가진 먹이가 바닥났어. 바로 그때 진짜 순례가 시작되었지. 길은 내가 상상했던 것보다 훨씬, 훨씬 멀었어. 그렇지만 결국 노란 눈의 늑대가 말한 대로 이뤄졌어. 난 해냈어.

도착했다고! 어떻게 가능했을까?! 매일 내게 필요한 것을 받았기 때문이야. 마실 물이 흐르는 강이 있었고 온갖 종류의 먹이가 있었지. 이끼나 수북이 쌓인 나뭇잎 같은 푹신한 잠자리도 있었고, 바위같이 딱딱한 곳에서도 잘 수 있었지. 부탁하지 않았는데도 반딧불이 내 길을 비춰주었고 나무가 그늘을 만들어주었어. 빼어나게 아름다운 곳을 보았고 향기로운 꽃들이 피어 있는 곳에 도착했어. 여러 생명체들을 만났고 그들의 노래를 들었어. 매일 마법처럼 수많은 선물을 받았지. 어디서 온 선물일까? 누가 준 선물이지?!'

그럼에도 그 이름이 뭔지 말할 수 없었다. 그러나 그는 무언가가 있다는 것을 알았다. '살아 있는 모든 생명체를 보살피는 이름을 알 수 없는 존재가 있어. 나처럼 매일 아무것도 없이 일어나서 완전히 의존하며…….'

개는 이전에는 믿음이 없었지만 이제 그것을 찾았다.

그 사실을 깨달은 순간 개는 자신이 너무 멀리까지 왔다는 것을 알아차렸다. 추운 날씨에 주린 배로 비탈길을 올라오느라 몸이 지칠 대로 지쳤다. 며칠 전부터 개는 아무것도 먹지 못했다. 있는 힘을 다해 버티고 서 있기는 했지만 기운이 없어 한 발도 더 떼어놓을 수 없었다.

'이제 내려갈 힘이 없어. 모든 게 완벽해. 다만 난 여기서 죽을 수밖에 없어.'

툭!

하늘에서 새하얀 눈 위로 까만 얼룩이 하나 떨어졌다. 얼룩이 움직이더니 일어나서 깃털을 흔들었다. 까마귀 대장 오디노였다!

"이봐, 너, 여기서 뭐 하는 거야?!"

"내가 할 말을 대신 하네." 까마귀가 대답했다. "이제 난 늙어서 조용한 곳에서 여생을 보내려고 시끄러운 까마귀 떼에서 떨어져 나왔지. 눈보라 속에서 바람에 몸을 맡겼더니 위로, 자꾸 위로 나를 실어와서 아무도 없는 여기에 던져놓더라고. 그러다가 놀랍게도 널 만난 거야!"

"이거 진짜 이상한 일이네." 개가 말했다.

"틀림없이 좋은 징조야. 그래서 말인데, 너한테 부탁 하나 해야겠다."

"뭐든지, 오디노. 비록 내 몸에 힘이 하나도 없지만 널 위해 할 수 있는 일이 있다면……."

"개인적으로 난 다른 동물을 죽인 적은 없지만 평생 다른 짐승 고기를 먹고 살았어." 까마귀가 말했다. "두꺼비며 벌레를 엄청나게 먹었고 아직 태어나지 않은 새알과 뱀과 메뚜기도 먹

었지. 몸집이 큰 죽은 동물들도 먹었고 말하기 뭣하지만 늑대까지 먹었어. 얼마나 많은 생명체의 목숨으로 살아왔는지 몰라! 그런 생각을 하면 자주 죄책감을 느껴. 그래서 마지막으로 결심했는데, 돌려주려고……."

"절대 안 돼!" 개가 말했다. "무슨 말인지 듣고 싶지도 않아."

"가여운 까마귀의 마지막 소원을 거절하는 거야? 이렇게 볼품없고 예전처럼 부드럽지 못한 게 유감일 뿐이야. 그렇지만 부탁이야. 마지막으로 이 경이로운 광경을 바라보며 평화롭게 죽어가게 해줘. 내가 죽으면 네가 날 먹으렴. 그럼 산을 내려갈 힘이 생길 테니."

늙은 까마귀와 개가 웃었다.

완벽한 계획이었다. 다른 말은 필요치 않았다.

옮긴이의 말

『개, 늑대, 그리고 하느님』은 이별과 버려짐에 관한 이야기이자 본래의 자신을 찾아 떠나는 여행 이야기이기도 하다. 저자인 폴코 테르차니는 이탈리아의 유명한 작가이자 언론인인 티치아노 테르차니의 아들이다. 티치아노 테르차니는 독일 시사 잡지 《슈피겔》의 특파원으로 오랜 기간 중국, 일본 등 아시아에 거주하면서 자신의 경험을 다룬 많은 에세이들을 썼다. 또 동양의 역사와 문화만이 아니라 철학에도 관심이 많아 그에 관한 글들도 많이 발표했다. 폴코 테르차니 역시 어린 시절부터 아버지를 따라 아시아 전역을 여행했으며 대학을 졸업한 뒤에는 테레사 수녀가 세운 인도의 종교단체에서 일 년간 활동하기도 했다. 이러한 작가의 경험은 『개, 늑대, 그리고 하느님』에

스며들어 있다.

이 책의 주인공인 "개"는 사랑하던 주인에게 버려진다. 도시에서 보살핌을 받으며 편안히 살아온 개는 하루아침에 아무 것도 없는 빈 몸으로 세상에 던져진다. 어쩌면 우리 모두는 혹시 개처럼 누군가에게 버려지거나 사랑하던 이와 헤어져 세상에 홀로 남게 되지나 않을까 하는 불안감을 막연하게 가지고 있는지도 모른다. 그런 불안감은 나의 행복이 다른 이의 손에 달려 있다고 생각할 때 더 커지기 마련이다. 개 역시 마찬가지다.

개는 주인이 없이는 아무것도 할 수 없고 이 세상을 살아갈 수도 없다고 생각하며 절망에 빠진다. 그러던 중 우연히 만난 어떤 늑대의 말을 듣고 "달의 산"을 찾아 떠난다. 길을 떠난 개는 여러 동물들을 만난다. 다른 개에게 이용만 당하기도 하고 뼈저린 경험을 하며 개는 세상 일이 자신이 예상했던 것과 전혀 다르다는 것을 배워 나간다. 그리고 자신은 한없이 어리석고 무능력한 개에 불과하다고 자책한다. 그러다 마침내 이상한 늑대 떼들을 만난다. 순례자인 그 늑대들은 개에게 위험이 가득하지만 아름다울 뿐만 아니라 모두의 어머니이자 무한한 자원과 가능성을 가진 숲에서 살아가는 법을 가르쳐준다.

이제 개는 바쁜 일상에 쫓겨 자신 이외에는 관심도 없는 도시인들의 삶을 떠나 자연에서 살아가게 된다. 늑대들은 오래된 길로 개를 안내하며 멀고 먼 전설 속의 산, 어쩌면 생명의 근원

일지도 모를 "달의 산"을 향해 갈 수 있게 도와준다. 막상 도착한 "달의 산"은 개가 기대했던 것과는 전혀 다르지만 그곳까지의 긴 여행으로 이미 개는 완전히 새로운 눈으로 자신의 현실을 바라보게 된다. 그리고 처음 버려졌을 때 만난 늑대가 말했듯이, 이 세상의 생명체를 보살피는 존재가 있다고 확신한다.

그러니까 개에게 이 여행은 잃어버린 "믿음"을 찾는 여행이었고 온전한 자신을 찾는 정신적인 여행이었다. 개는 먼 길을 여행하며 많은 이들을 신뢰하게 되었고 어려운 순간마다 예상치도 못한 선물을 받았다는 것을 알게 된다. 그러한 선물을 준 게 하느님일 수도 있고 인간에게 아낌없이 가진 것을 베푸는 자연일 수도 있다. 혹은 존재하는 생명체 모두가 타인에게 선물일 수도 있다. 죽음을 앞둔 자신의 몸을 개에게 아낌없이 주는 까마귀는 이 세상의 모든 존재가 서로 연결되어 있고 모두가 타인에게 선물이 되어줄 수 있다고 말해주는 듯하다.

그러니까 개는 이별과 버려짐을 통해 자신의 힘만으로 세상을 살아 나갈 수 있는 존재로 성장한 것이다. 개는 있는 그대로의 자신을 자랑스러워한다. 그는 마침내 그가 존경하고 사랑하던 무니처럼 된 것이다.

사실 무니는 개의 여행에서 없어서는 안 될 중요한 안내자다. 무니는 자존감이 바닥에 떨어진 개를 가만히 지켜보며 용기를 주고 개 자체로 완벽한 존재라는 것을 일깨워준다. 그리고 개에게 타인에게 무한히 사랑을 베풀어줄 줄 아는 따뜻한 마음과 투지가 있음을 알려준다. 무니는 개의 여행을 끝까지 같이하며, 우리의 인생이 결국은 "달의 산"으로 가는 여정이라고 말해준다. 그러니 우리 모두는 목적지에 도달하든 도달하지 못하든 여행자일 뿐이라고, 그 길을 가면서 내일을 크게 염려할 필요가 없다고, 여행 중 필요한 것들은 길을 가며 얻을 거라고 말이다.

이렇듯 개에게 버려짐은 고통스러운 경험이었지만 새로운 세상을 만나는 계기가 되었다. 알지 못하던 자신과, 편안함과 익숙함에 길들여져 찾지 못했던 본성을 만나고 진정한 자유를 찾을 기회 말이다.

가장 사랑하던 이에게 버려지며 시작된 개의 기나긴 여정은 자연과 우정과 절대적인 존재의 의미를 생각해보게 하며 우리가 얼마나 많은 것을 가지고 있는지를, 내일에 대한 걱정이 얼마나 부질없는지를 일깨워준다. 그리하여 우리는 이미 하루하루 잘 살아가고 있으며 지금 이대로의 모습으로 충분하다고 말해주는 듯하다.

2020년 1월

이현경

옮긴이 이현경

한국외국어대학교 이탈리아어과 및 같은 대학원을 졸업한 뒤 비교문학과에서 박사 학위를 받았다. 이탈리아 대사관 주관 제1회 번역 문학상과 이탈리아 정부에서 주는 국가번역상을 수상했으며, 현재 한국외국어대학교 이탈리아어 통번역학과에서 학생들을 가르치고 있다. 옮긴 책으로 이탈로 칼비노의 『모든 우주만화』, 『보이지 않는 도시들』, 『거미집으로 가는 오솔길』, 『반쪼가리 자작』, 『나무 위의 남작』 등을 비롯하여 『이것이 인간인가』, 『주기율표』, 『바우돌리노』, 『권태』, 『미의 역사』, 『애석하지만 출판할 수 없습니다』 등이 있다.

개, 늑대, 그리고 하느님

초판 1쇄 인쇄 2020년 2월 7일
초판 1쇄 발행 2020년 2월 17일

지은이 폴코 테르차니
그린이 니콜라 마그린
옮긴이 이현경
펴낸이 이수철
본부장 신승철
주 간 하지순
교 정 박은경
디자인 권석중
마케팅 안치환
관 리 전수연

펴낸곳 나무옆의자
출판등록 제396-2013-000037호
주소 (03970) 서울시 마포구 성미산로1길 67 다산빌딩 3층
전화 02) 790-6630 팩스 02) 718-5752
페이스북 www.facebook.com/namubench9
인쇄 제본 현문자현

ISBN 979-11-6157-088-4 03880